無聲戲 1938

サイレントオペラ1938

Silent Opera

上

作畫 ALOKI
作者 風花雪悅

サイレントオペラ1938

無聲戲

Silent Opera

Presented by
Feng Hua Xue Yue and ALOKI

1938

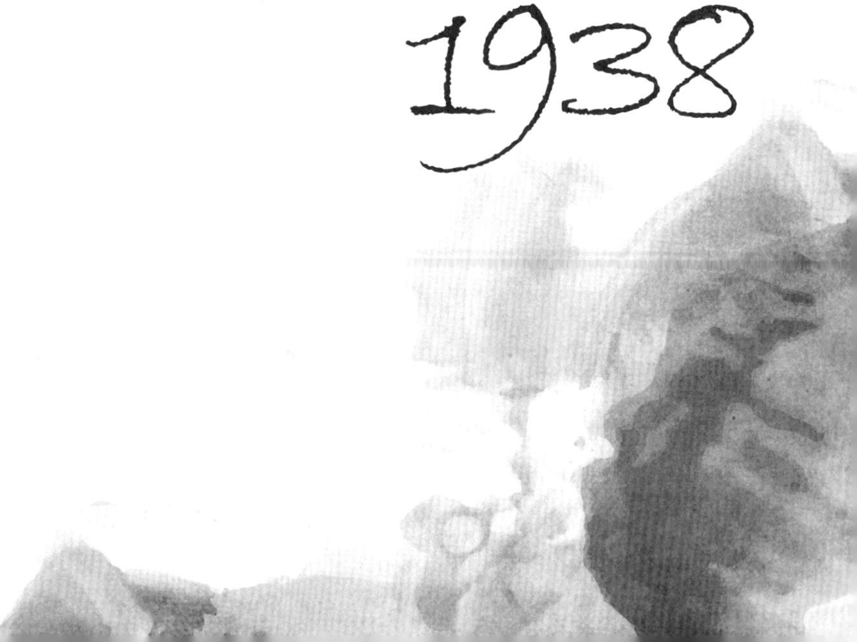

目錄

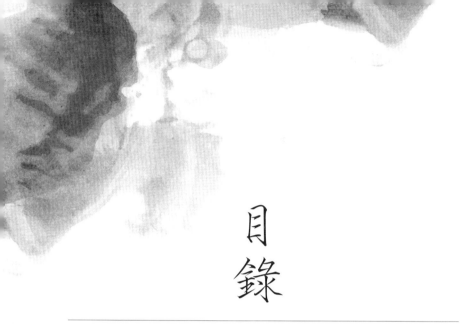

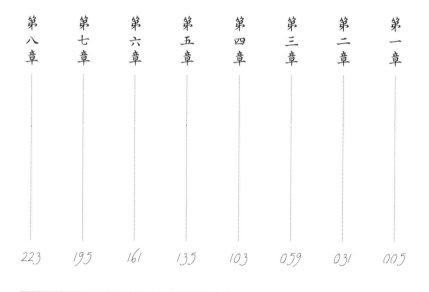

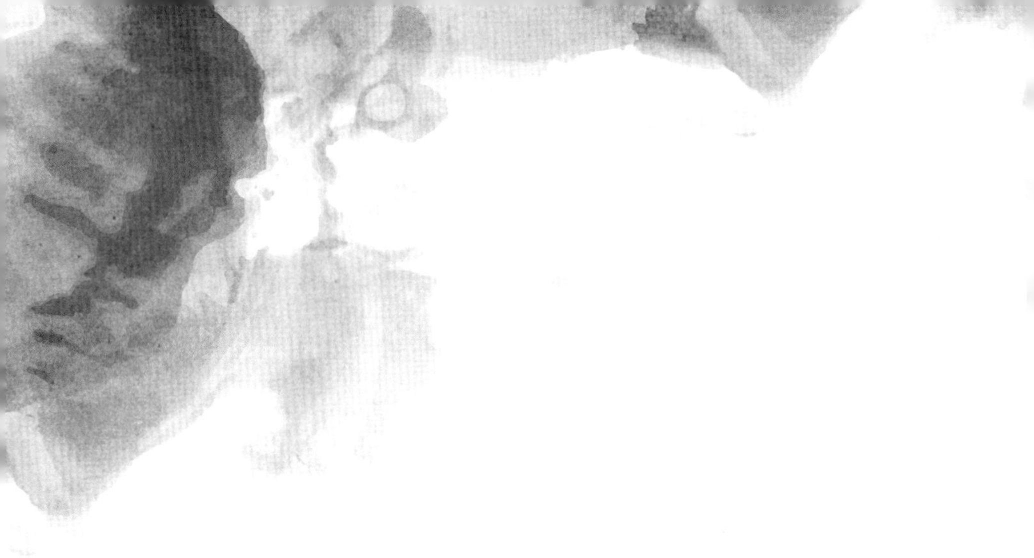

第一章

日頭慢慢下去了，廣州城裡紅紅黃黃的霓虹燈像地標一樣亮了起來。木棉樹厚實的花砸了一地，黃包車的車輪輾過，就成了一地紅色的糊糊，噁心得很。唐十一看了看腳下那塊地方，正好有幾朵輾得都認不出原來顏色了的木棉花，便皺了眉頭，不願意下車。

「把車挪過去一些，快點！」跟在後面的黃包車上跑下來一個發福的中年男人，他掏出手絹擦了擦額上的汗，讓黃包車夫把車子拉到一處乾淨的落腳地，才對車上的唐十一說道，「少爺，這邊乾淨，可以下來了。」

「這麼大一個愛群酒店連門前都打理不乾淨，還不如去平安戲院看戲呢。」唐十一拍了拍身上那身時髦的格子西裝。他五官深邃，本來是挺英朗的一個青年人，卻非要把自己弄得吊兒郎當的，眼皮褶子也天生比別人的更深長些，就成了個顧盼含情的風流闊少形貌。

「表少爺不喜歡看戲，說那地方吵，這愛群酒店可是您親手剪的彩，所以表少爺就選在這裡做東了。」那中年男人叫周炳權，是唐十一的管家。唐家老爺唐鐵上個月百年了，本來他該改口叫唐十一「老爺」的，但喊少爺喊了二十年，一時間改不過口來。唐十一對周炳權也當是半個親人，一直「權叔權叔」地叫他，所以也不在意這些稱呼。

唐十一撇了下嘴角，面目上還是保持著一副輕佻的笑意。傅易遠不喜歡看戲？不喜歡看戲他還在東山藏了兩家小花旦做什麼？他就是怕鑼鼓喧鬧遮了他嚷嚷的嗓門，不好向我施壓。「嗯，也好，好久沒試過愛群的水晶餃子了，待會讓廚房多做一籠，帶回去給小桃試試。」

「是的，少爺。」

說話間已經走到了門口，酒店的門童殷勤地開門鞠躬道：「十一爺晚上好！」

「嗯，挺精神的嘛，權叔。」唐十一揚揚手，權叔就從口袋裡摸了一張十塊錢的鈔票給門童，「傅少爺那裡來多少人了？」

「程家、羅家的老爺跟少爺都來了，鄭家老爺抱恙，就只有少爺來了，蔣大奶奶也來了。」門童收了小費，自然知無不言言無不盡了。

程、羅、鄭三家都是廣州的大銀號[1]大商行，程家、羅家的老爺子都還能吃能睡的，程家少爺程一諾、羅家少爺羅志銘都比唐十一大那麼個三四歲，都成家了。鄭家少爺鄭承之年齡最大，老爺子看樣子也快不行了，所以他出來當家了。蔣家最不得了，是撈偏的，鴉片賭坊高利貸沒有一門不吃，但蔣老爺卻是個病鬼，全靠他老婆蔣麗芸一個婦道人家支撐著生意。也虧得她能讓唐鐵看得上眼，讓她負責搞偏門生意——沒錯，蔣家的生意大部分都是唐家做的大股東，說到底也還是唐家的生意。其實不只是蔣家，在程羅鄭這些大鱷公司，唐家都是占著大頭的，不過是七成還是六成的區別。

如果唐家只是個規矩的商人或者拚命的黑道，是絕對沒資格當著廣州黑白兩道的龍頭的——唐家跟他們的區別在於他們還有軍隊。不同於在華北華東混戰的軍閥，唐家的兵在廣州規規矩矩地訓練著，個個身強力健，偶爾還幫廣州警方去打打海盜捉捉悍匪，警察廳還給唐家老爺頒過最佳市民獎。

只不過，過了今晚這隊兵該姓什麼，就難說了。

1　意同「錢莊」，也是民初新式銀行的別稱。

唐十一上了樓，來到了貴賓大廳，守門的人見了唐十一也不太拘謹，嘻嘻笑鬧著替他開門，一邊開還一邊扯著嗓子喊：「十一爺到！」

「十一，怎麼才來啊！」傅易遠一聽這聲音就從麻將臺上跳了起來，親自把唐十一迎了進來，「我還琢磨著你是不是被哪家小姐纏上了，要不要先上菜以免餓著了叔伯們呢。」

「哪有什麼小姐，不過是出門前才發現車子被人扎了輪胎放了氣，急急忙忙打黃包車過來的。」唐十一笑著走到桌子邊，跟傅易遠你推我讓了好一會才一臉不情願地坐了上首，「易遠，你可是我表哥，長兄為父，表兄也是兄，坐你上席，我怎麼好意思呢？」

「十一，你現在可是唐家的老爺，就是我的司令了，自然是該坐我上席的。哎，我又說錯了，不是司令，是老闆，哈哈，你表兄我帶兵帶久了不會說話，你見諒一下。」

傅易遠打著哈哈，幾家大戶的老爺少爺都過來坐了，十個人圍著那大圓桌坐下，在十一對面就是蔣家大奶奶蔣麗芸，年齡不過四十，還帶著徐娘半老的風姿，穿著旗袍也不讓人覺得臃腫，實在難得。

人既然到齊了，自然就上菜了，宴席間的客套奉承唐十一聽過不少，但傅易遠這次分明是來奪權的，話語間就不再是褒獎讚揚了，總在提起自己過去五年裡怎麼幫唐家帶兵，又說唐鐵老爺子，也就是他舅舅對他的重視栽培，說到精彩時還流了幾滴眼淚，叫滿座的人都跟著唏噓了起來。

「唉，易遠你就別傷心了，鐵爺在天之靈知道你懂事，也會高興的。」蔣麗芸掏出手絹按了按眼角。

「不，我是真的辜負了舅舅的栽培，現在我唯一的心願，就是幫助十一好好繼承家業，繼續帶領大家在廣州好好打拚。」傅易遠轉過身來，端起酒杯就要敬唐十一。

「哎喲！表哥你這是要推我去死啊！」唐十一卻是猛地托住了傅易遠的手，頭搖得跟撥浪鼓似的，言辭也激動了起來，「你看我這樣子，手無縛雞之力，只會吃喝玩樂，哪裡能繼承家業啊！別說繼承家業，我連你帶著的那隊軍隊都不敢接手啊，你還記得嗎？兩年前你帶我去閱兵，我硬生生地晒中暑了！你這是幹什麼，是要推我去死嗎？」

「十一，有話好好說，哪能隨便把死字掛嘴上呢！」程家老爺程春林勸了起來，「易遠你也是，無端說起這事幹什麼呢！十一一點心理準備也沒有呢！」

「啊，是我不對是我不對，惹得十一說負氣話了。」傅易遠這杯酒還是敬了下去，十一看他喝了，只得也跟著喝了一杯，「十一，剛才我說錯話了，你別往心裡去。」

「十一怎麼會計較呢？」唐十一放下杯子，目光在席上眾人臉上掃過。他們的神情頗為微妙，似乎並不希望傅易遠當下就逼得自己讓位，要不剛才程春林就不會幫忙解圍了。「其實應該反過來說才對，十一倒是希望表哥不要跟我計較呢。」

「嗯？」傅易遠，還有其他人的耳朵都一下子豎了起來，「十一說什麼傻話，本來就是你的東西，哪裡說得上計較兩個字。」

「我希望表哥別計較以後多養一個閒人。」唐十一站了起來，繞著桌子一步步地走了起來，手慢慢地搭過了一個又一個的肩膀，「程家銀號裡的八百斤金條，鄭家商行裡七成的股份，羅家七間酒樓的鋪租，蔣家，哈哈，我記不住父親都交代過蔣奶奶妳什麼生意了。總之，我知道在座的叔伯奶奶，還有兄長們都是我父親的得力助手，但是十一自問只是個花花公子，實在沒有能力，更加不敢說『大家以後跟著我混』這種話啊。」

唐十一的手來到蔣麗芸背後，沒有搭下去，只是很西方紳士地鞠了個躬，然後把一直別在胸前口袋處的玫瑰花摘下來，遞到她面前。蔣麗芸一愣，抬頭就正好對上唐十一彎下身子來對她笑的眼睛，烏黑卻明亮。

「十一……」

傅易遠想要說話，卻被唐十一遞過來的酒杯堵住了話頭，「表哥，我不是謙虛，而是我父親打小就沒把我當做家裡的頂樑柱來培養，你看，他從小慣著我吃喝玩樂，哪有打罵過我不長進？到我十六歲，他還把我送去英國讀了兩年書，什麼忠孝仁義都沒有學懂，就學了洋鬼子那套經濟實用的道理。我想過了，我很認真地想過了，唐家這份家業到我手上，最多三年就敗光了，到時候我就得自己去工作養活自己，我這少爺的命，能打工嗎？倒不如就交給表兄你幫我管理，你就只要管我三餐著落正常開銷。長兄為父，我現在是落下面子來想認了你當爹呢，表哥，你願意多養我一個閒人不？」

傅易遠愣了好一會才反應過來唐十一是要把自己的家業拱手相讓給他這個外姓人，差點沒高興得跳到桌子上去大叫「我他媽熬出頭了！」，連忙激動地握住唐十一的手，眼淚橫流地表忠心。

「十一，你這是折殺表哥啊！都是表哥不好，沒有從小教好你，給你做好榜樣！唉，你放心，只要表哥有一口氣在，保證你唐家十一爺在廣州的地位不會比過去遜色一分一毫！誰敢說你唐十一一句壞話，有手剁手，有腳砍腳！」

「哎呀，我才不要那些手手腳腳呢，噁心死了！」唐十一聳聳肩，一副受不了的樣子掏出手絹捂著口鼻。

「哈，我這軍痞說話就這樣，你體諒體諒啊！」

這頓鴻門宴剎那成了禪讓儀式，本想來看看東西風哪邊厲害然後見風使舵去投靠的幾門大戶，現在只能附和著說些「閉門一家親，哪要分彼此」之類的和氣話，只有心裡都對彼此的想法透亮清楚。

其實他們更希望唐十一硬占著家業不放，甚至把傅易遠的兵都搶過來自己帶，把傅易遠趕回瀋陽老家跟日本人搶地盤。唐十一這個敗家子，要掰倒他比幹掉傅易遠容易多了，廣州的龍頭，唐家已經占得夠久了，他們也想試一試把別人踩在腳下的滋味。

「叼，唐十一這個死敗家子，比我想像的更沒骨氣！」

羅家老爺羅山氣呼呼地坐進汽車裡，兒子羅志銘跟著上了車，「爸，別生氣，就算是傅易遠，我們也不怕跟他鬥一鬥。」

「哼，唐鐵要是知道他兒子是這副德性，一定會氣得從棺材裡跳出來斃了他！」羅山拍了拍羅志銘的頭，「你給我爭氣點，蔣家那女人手段毒辣著呢！」

「再毒辣也是個女人而已。」羅志銘毫不在乎地聳了聳肩。

回去的時候唐十一讓黃包車夫把車篷立起來，夜晚風大，他又喝了酒，不想吹風。車子搖搖晃晃地穿街過巷，來到了沙面橋，兩個穿著挺括的英軍制服的士兵攔住了他。車夫停下車子，回頭對唐十一說：「老闆，過了鐘點，租界過不去了。」

「嗯？」唐十一剛才閉著眼睛瞇了一會，經車夫提醒才摸出懷錶來看了看，原來都十一點了啊。

權叔在唐十一看時間的時候已經打點好了，黃包車又再跑了起來，唐十一已經沒有睡意了，就從車篷的窗口裡看那零零星星閃過的路燈光。

就在離他家門前五盞路燈的地方，兩個人影讓唐十一定了視線看了看。那是一男一女在說話，男的不認識，一眼瞥過還算五官端正，那女的可不就是他家裡的傭人小桃嗎？

這丫頭，竟然學會趁主人不在到外頭會男人了？唐十一笑笑，只等她回來了問她。

唐十一既然看見小桃了，小桃自然也看見他了，她連忙對白文韜說：「糟了我家老爺回來了！我要回去了，文韜哥你也快點走吧，這時間我怕你回不去了。」

「放心，我跟那兩個站崗的打點過了，我送妳到家門吧，這裡的路這麼黑，又有那麼多樹叢，不安全啊。」沙面島上就是英法租界，常常有外國人強姦中國婦女的事情發生，白文韜怎麼捨得自己如花似玉的小女朋友自己一個人回去。

「嗯，只能送到門口，我家少爺今晚去了表少爺的飯局，肯定一肚子氣的，見著你可能會打你呢！」小桃掩著嘴巴笑，裝模作樣地嚇唬他。

「妳家少爺這麼凶的話，妳就不會三句不到就提到他了。」白文韜捏了一下她的臉，「妳也不怕我吃醋，啊？」

「羞羞羞，這麼一個大男人還吃醋！」

「哎呀，看我不收拾妳！」

兩人打打鬧鬧說說笑笑，很快就到了唐家別墅，白文韜看著小桃進屋了，才戀戀不捨地回身離開。

小桃剛進屋，就看見燈火通明的大廳裡，唐十一正翹著二郎腿盯著她笑，「小桃，這麼晚啊，妳比老爺我還忙呢！」

「老爺你就別笑話人家了，你明明看見了嘛！」唐十一平日對下人也是和顏悅色的多，所以小桃說話也不忌諱。她兩頰微紅，手指不自覺地捏著了脖子上的銀鍊子。

「瞧妳！那小子長得什麼樣啊，有妳老爺我好看嗎？」唐十一笑了，拍了拍身邊的沙發椅讓她坐下。小桃坐下了，他指了指茶几上的水晶餃子，示意她可以吃。

「天底下哪有比老爺還好看的男人呢！」小桃說這話卻一點都不帶奉承的語氣，反而取笑一般地笑了起來，「十一娘可是能演楊貴妃的呢！」

「死丫頭妳越來越沒規矩了啊！」唐十一聽她提起小時候的事情，氣不打一處來，端起那碟水晶餃子就轉頭叫權叔，「權叔，沒人要吃夜宵了，拿回廚房去！」

「不嘛不嘛！老爺我錯了！」小桃連忙拉住唐十一的衣袖低頭認錯，「我說的是真話，他真沒有老爺你好看。可是男人好看不好看有什麼要緊的呢？最重要的是他對我好，勤奮上進，不打什麼歪心思，就已經足夠好的了。」

唐十一看看小桃，知道她說的都是真心話，也認真了起來，「真是那麼好的人，我就放妳出去，趁年輕嫁了吧。」

「好啊，等老爺娶了太太，我就去嫁人，不妨礙你們二人世界。」小桃眨眨眼睛笑道。

「傻丫頭，要是我一輩子不娶太太，妳還能一輩子不嫁人？」

「可是我走了，這家不是更加冷清了嗎……」自知失言，小桃連忙捂住嘴巴。

唐十一皺了皺眉，嘆口氣道：「妳才十七歲的人，不要操七十歲人的心。」

小桃捂著嘴巴連連點頭，恨不得跪下來求唐十一不要傷心難過，但如果她真那麼做了，唐十一只會更加無法釋懷吧？

「算了，妳把水晶餃子拿下去吃了吧。」

「嗯！」小桃聽話地拿了餃子，就快步跑進廚房去了。

唐十一仰頭靠在沙發上，看著這棟大房子。父親的喪事辦完以後，他就把大部分的傭人都辭退了，如今這個家裡就剩下他、權叔、權叔的老婆玲姨、小桃，和園丁兼司機的劉忠這麼幾個人而已。

人人都說唐十一愛玩，是的，他什麼都玩，花旦女明星女模特，甚至女學生他也追求過，但那都是在家外頭玩的。回到家，他就什麼人都不想見，更不想再端起外頭那一副紈褲子弟的架勢。穿的吃的夠用就好，衣食住行也不是非要人服侍，其實唐十一骨子裡，還是他老爸唐鐵的性子，只是，這些年來他都藏得太好了，讓所有人都以為他就是塊不可救藥的朽木。

等著瞧，很快這朽木做的劍鞘殼子就要剝開了，各位叔伯兄長，可別被裡頭的刀鋒給劃了喉嚨啊。

自從唐十一那一次「表兄認乾爹」的鬧劇以後，廣州城裡更是坐實了他不務正業遊手好閒的浪蕩名聲。他又頂著唐家的名聲，那些同樣不思進取的公子哥便圍攏了過來，不是簇擁他去夜總會，就是去逛戲班。可後來唐十一覺得這些地方俗，沒有新面孔，就疏懶了交陪，在家裡歇了幾天。

唐十一出手闊綽，平日大伙兒玩樂的錢財花用都是他包的，這下他想歇了，但那班花花蝴蝶哪裡肯放過這尾水魚。這天，他們又一起簇擁唐十一去外頭郊遊，說是越秀公園的春光正好，他們這些夜貓子也該去晒晒太陽云云，半請半推地把唐十一帶了出門。

正是四月天的時節，越秀公園裡頭確實是一片燦爛春光，放眼望去皆是紫白紅粉，濃稠得厲害，混在一起都分不出哪些是杜鵑哪些是三葉紅哪些是木槿花了。唐十一好久沒見過這樣天然的美麗顏色，心中不暢快的悶氣也都疏散了些，不由得展露了笑顏。

只是走不了多久，就有一群穿著藍色校服裙的女學生在花叢邊和他們「偶遇」了，還一拍即合地說要大家一起野餐。唐十一還沒回過神，就被人拉著在一處露天茶座坐上了，茶點西餅、酒水果汁也都有人早早擺設好了。

唐十一無奈地對眾人笑道：「你們不過是想跟小姐們來這露天茶座遊玩一下，何必拉上我當陪襯呢？」

「十一爺這話就不對了，你哪裡是陪襯，你是主角呢！」一個叫江楚天的小開眉開眼笑道，「其實呢，這幾位女先生都是喜歡詩詞歌賦的，這大好美景不來欣賞，還做什麼詩嘛。可是女生們說就她們春花秋月沒勁兒，非要我們也出一個人來對詩，我們幾個都是粗人，就十一爺是個讀書人，還留過洋呢，所以只好請你出山了！」

「哎喲，我哪裡是去讀書的啊，就是去跟洋妞玩的。你要我教大家跳舞那還成，作詩？哎喲，你可饒了我吧江少爺！」唐十一笑得前俯後仰，覺得他們真是捉錯用神了[2]。

2 廣東話俗諺，原為命理學術語，借指搞錯重點、拍錯馬屁、弄巧成拙等等。

「這可不行！」只見一個剪了齊耳短髮的女學生噘著嘴反對了起來，一看就是不好相處的新派女性，「你做得好不好，那是水準問題，你願不願意做，那是態度問題！你既然跟大家出來了，如果不願意對，那就是看不起我們女孩子，覺得我們配不上跟你們這些大老爺對詩！」

「嘿，這裡頭都是青藍青藍的，怎麼混進去一支小紅辣椒了啊？」

唐十一這話一說出口，大家就哄笑了起來。被取笑的女學生羞紅了臉，更是連珠炮發地不依不饒了起來。

「你管我是辣椒還是青椒！大丈夫一言既出就得兌現！你要怪，就怪你那些推你出來的好兄弟唄！」

「唉喲，這都燒到我們頭上啦！」男人們一邊哄笑一邊推搡著唐十一道，「十一爺，這下你不露兩手厲害給這些丫頭片子瞧瞧，就把我們東山大少的顏面都丟光了啊！」

「是啊是啊！十一爺你就隨便寫兩首，鎮住這些丫頭們！」

「好好好，你們今天啊，就是合伙一起來捉弄我的！」唐十一笑夠了，罷了，就陪個高興吧，「可我不用鋼筆寫，你們得給我弄文房四寶來！」

「這有什麼難的，馬上給你準備去！」

於是一行人把餐桌收拾了一下，換過乾淨的桌布，擺上文房四寶，就等唐十一來表演。唐十一故意點了那小辣椒來為自己磨墨，說是紅袖添香，小辣椒耐不過眾人起哄，只能去給他磨了墨。唐十一趁她彎腰磨墨在她耳邊說了句「麻煩妳了」，語氣卻是淡然的，和與眾人調笑時是全然不同的清冷。

小辣椒心中一顫，轉頭去看他的時候，他已經拿起一支羊毫筆，裝模作樣地走到前頭觀賞起茶座外的景致。眾人也隨著他的視線往遠處看。

突然，大家都愣住了。

不知道什麼時候，這景色中最惹眼的地方，站了一個穿著淺褐色麻布短褂的男人。他似乎在等人，不時往公園門口張望，手上還拿著兩個紙杯霜淇淋。

江楚天最先發難，他氣沖沖地走過去就推了那人一把，「喂，你擋著我們了！」

那人一下回過頭來，唐十一這下認出來了，不就是小桃的男朋友白文韜嗎？

只見白文韜被江楚天推了一把，眉頭皺了起來，語氣倒還是克制的，「我在等人，等到了就走。」

「你等人到別的地方去，平白占著這最好的景色，壞了我們詩興你可賠不起呢！」江楚天掃了白文韜一眼，知道是個窮下人家，就不跟他客氣了。

「哦，你們還作詩呢？」白文韜心裡頭的嘲笑沒掩飾住，都在臉上顯現出來了，「我就奇怪了，我等我的人，你作你的詩，怎麼就叫我壞了你們的雅興呢？」

「你這麼一個爛仔站在這，叫我們怎麼作詩呢！」

眼見江楚天跟白文韜爭執了起來，幾個大男人都走上前去。白文韜不怕他們人多勢眾，不屑的目光打量了一下這班花花公子，看見唐十一手裡拿著筆，就看著他說道：「這位先生，一個爛仔站在跟前你就作不出詩來，要是站個正經人家在你面前，豈不是連站都站不穩了？」

「你知道你在跟誰講話嗎！」

「大膽！敢這麼跟十一爺講話！」

「十一爺我們掌歪他嘴！」

白文韜這話直搗黃龍，那班人頓時炸了，個個都挽袖子要開打。唐十一拖著尾音重重地「嗯？」了一下，他們才暫時按捺著後退了一步。

唐十一拿著筆雙手交疊在身前，對白文韜說：「你繼續說。」

白文韜看了看唐十一，聳聳肩，「我手冰著，腦袋也不靈光了，什麼都說不上來了。」

「哈！」唐十一失笑，揚揚手叫人幫他把霜淇淋拿著，「那現在能說了？」

「哎，這樣自在多了。」白文韜誇張地甩了兩下手，又把手掌按在臉頰上取暖，兩隻大手遮得臉上只剩一雙烏黑明亮的大眼睛。

唐十一喜歡大眼睛的人，因為這樣的人很容易就能看穿。

「你真要我說？衝撞了你十一爺可不能怪我啊！」

「你儘管說，這裡沒有人能動你一根汗毛。」唐十一彎起了唇角，白文韜認得他是唐十一，卻也敢出言頂撞，有趣。

白文韜放下手來，清了清嗓子，倒像說書一般開講了：「從來作詩的人寫景都是為了寫情，只要心裡高興，看到的都是美景。心裡鬱悶的時候，就是給他好花也能看出敗葉來，所以哪裡會有人能妨礙別人詩興的呢！

「想那唐朝李白，面前坐著明察秋毫的唐玄宗，旁邊站著個咬牙切齒的高力士，還有個國色天香的楊貴妃在身邊磨墨，哪一個不比我這個爛仔強？可人家是怎麼樣的，一壺酒一支筆，還不是照樣寫下了傳世百年的詩文？

「雖然我們這是民國了，解放了奴隸主子的關係，但這些窮酸文人的根底還是該有的。十一爺，你看我說的是中聽還是不中聽呢？」

「中聽，當然中聽了。」唐十一心中疑惑，看白文韜的樣子不過是個普通人家，最多也就上過兩年學堂認得字，怎麼能說出李白朝堂醉酒這段典故來？連他都沒有正經看過史書的寫法，只在那戲臺子上見過別人演，莫非這人也是看戲看來的？

「可這世界上能說的人很多，能寫的卻很少，不知道你能不能寫個我看，示範示範？」

「是啊，說就天下無敵，做起來只怕就有心無力！」眾人也隨著起哄。

不想白文韜卻一口應了個「好啊」，伸手奪了唐十一的筆，走到那桌子前，沾了墨水就寫了起來。

字倒不是很好看，只能算是端正，唐十一沉著眼看他寫詩。倒不是在意他寫的到底是什麼，而是在意白文韜這種應該一眼就能望到底的人，怎麼會有這麼讓他出奇的內在。

「荒唐荒唐笑荒唐，荒唐荒唐真荒唐……這什麼亂七八糟啊！」

白文韜寫了一會，眾人就爭相嘲笑了起來，他也不著急，抬起頭來看了看唐十一。唐十一歪了歪頭，頗為不解。他笑笑低下頭去，又把羊毫飽蘸墨水，提筆續了下去。

這次，唐十一沒聽見任何嘲笑的聲響了。那群人面面相覷，頗有不甘，卻只能咬牙切齒，唐十一便走過去看。眾人讓開路給他，他直接走到了桌子前，低頭一看，就看見兩行無論氣勢還是筆力都比上兩行高了幾個檔次的字。

酬君嫣然一回顧，等閒生死逐八荒。

唐十一心中一震，在這動盪的局勢中寫出這樣的字來，不是個讀書讀傻了頭腦只想去打蘿蔔頭[3]的學生，就是個當真才華橫溢隨手拈來不必看真情假意的才子。但，白文韜看起來兩者都不像啊……

「唉，好久沒寫字了，寫得真糟糕。」白文韜放下筆揉揉鼻頭，抱著手向唐十一努努嘴，「喏，只能寫成這樣了，十一爺你看如何？」

「好得很，送給我行不？」起初看時是驚訝，再看卻是越看越喜歡。

「誒？」白文韜以為唐十一會故意挑刺，沒想到他那麼直白地表達出讚賞之意，感覺自己就像豎起了毛準備打架的鬥雞被人從頭到尾擼順了毛，一下子不好意思起來了。「十一爺看得起，我怎麼能不送呢？」

唐十一眉開眼笑地看著這詩，吩咐權叔道：「好生拿著，回去裱起來。白先生，謝謝了。我們換地方吧，不妨礙白先生了。」

龍頭這麼說了，底下的蝦兵蟹將也只能遵命，唐十一臨走又叫人幫他換了兩個草

3 代指日本人。

莓味的紙杯霜淇淋。

白文韜頓時飄飄然了起來，嘿嘿，竟然能讓唐十一給他讓路，這面子實在太大了！得意了好一會，才猛然想起，「他怎麼知道我姓白?!」

唐十一雖然被白文韜搗了一下亂，興致卻反增不減，換了地方以後又跟大家玩了半天才回家，路上也一路笑吟吟地看著那幅詩稿，越看越覺得這詩雖然不是為他作的，卻很是符合他的心境。等閒生死逐八荒，唐十一也盼著這一天趕緊到來。

車子在家門前停了，唐十一走進屋子去，卻是被嚇了一跳。只見客廳裡滿地都是碎玻璃碎瓷片，除了那厚實的玻璃茶几，幾乎能打破的都打破了。

玲姨跟劉忠正清理著，看見唐十一回來了，連忙過去站好，「老爺。」

「發生什麼事了？」唐十一連坐都不坐就皺眉問道。

「剛才、剛才表少奶奶過來了，她說小桃故意把她一件高級旗袍給洗壞了，害她在舞會上出了醜，就、就……」玲姨正說著，劉忠就扯了扯她的衣角讓她別說下去。

「繼續說！」唐十一拔高聲音喝道。

「就過來打了小桃兩個耳光。」玲姨嘆了口氣。

「那這滿地碎片是怎麼回事？」

「表少奶奶打了人，小桃又不出聲，她沒法子繼續發作，就一直罵人摔東西來出氣了。」玲姨說，「老爺，你別怪我嚼舌根，可是那旗袍真不是小桃洗的。表少奶奶怕小桃洗壞了特意叫人送去外頭洗的，小桃不過是去拿回來送給她……」

「嗯，我知道了。」十一打斷玲姨的話，「你們把地方清理好。小桃呢？」

「在閣樓裡哭呢！」劉忠指指閣樓。

唐十一自己上去了，果然就聽見小桃躲在閣樓裡抽抽搭搭的哭聲，「小桃，我知道妳委屈，對不起。」

「老爺這麼說折的是小桃的福。」小桃擦乾淨臉轉過身來，「做下人的，就是該受些氣的。而且老爺對小桃那麼好，受些外人的氣又有什麼關係呢？」

「妳看得這麼開，倒是叫我不知道怎麼說話才好了。」唐十一笑笑，伸手去摸了摸她的頭頂，「看來我真的得快些放妳出去嫁人，免得妳受外人的欺負了。」

「老爺又取笑我！」

「好，我不取笑妳。問妳正經的，今天妳有約他在越秀公園玩嗎？」唐十一心想，要是他敢背著小桃約別的女孩，他就叫人廢了他。

「他？文韜哥？」小桃不哭了，點點頭，「嗯，本來是約了見面的，但是表少奶奶……就沒去成了。」

「哦，原來如此。」

「老爺你見著他了？」

「對，拿著兩杯霜淇淋，像傻子一樣等著妳呢！」唐十一笑了，把小桃也笑得臉紅了起來。「把妳託付給他，我也放心的。怎樣，要不要我放妳出去嫁人生小孩去？」

「老爺你再這麼說，我不理你了！」小桃被他笑得羞死了，甩他一手絹就爬下閣樓去幹活了。

唐十一在閣樓上坐了一會，回自己的書房去，撥了通電話去傅公館。

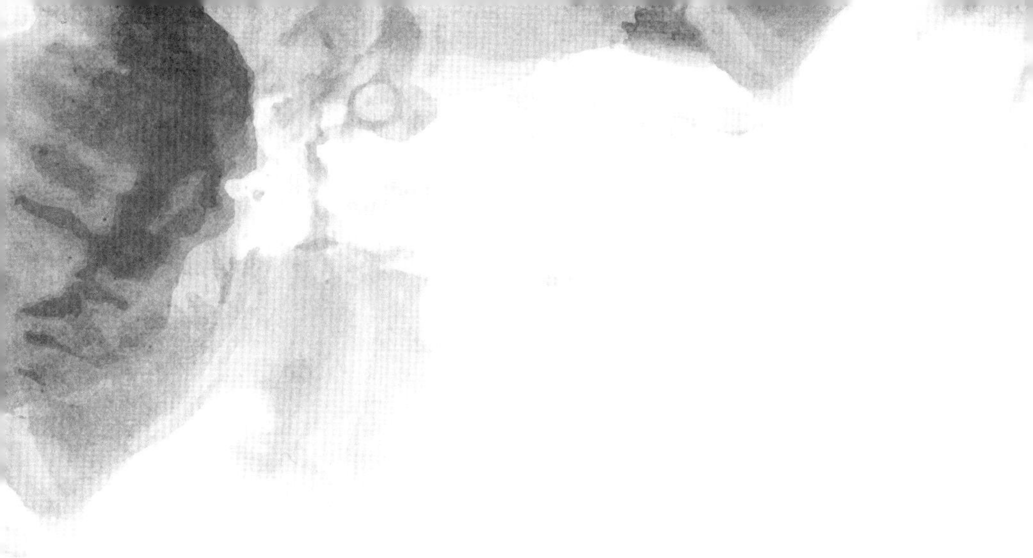

第二章

劉淑芬早就聽說過唐十一這個人。

劉家在廣州算是外來者，早些年她父親劉源祥在奉天吃了敗仗，帶著三千人一直逃到了廣州。那時候唐家雖然沒有現在的軍備，卻也已經是廣州的龍頭。劉源祥想在廣州站住腳，就得跟唐家攀上關係。

自古以來，聯姻都是攀關係最快的方式。唐家只有一個獨子唐十一，那時候還送去英國念書了，短時間裡都不可能回來的，於是唐鐵跟劉源祥吃了頓飯，劉淑芬就跟傅易遠做了夫妻。

其實平心而論，傅易遠也是個好男人。他講義氣，對劉淑芬就算沒有愛情也很重感情，在外頭玩女人玩得再瘋，劉淑芬一發脾氣他就立刻甩了外頭的女人，乖乖地回來做一陣子二十四孝丈夫。當日劉源祥帶過來的三千兵馬在他打理之下也有聲有色，人數擴充到了五千人，連劉源祥都稱讚他年少有為，有自己當年的風範。

但這天下不怕不識貨，就怕貨比貨。

劉淑芬在車子裡小憩了一陣，車子就在一間小別墅前停下了。她伸個懶腰，拿黑紗披風蒙了頭臉，這才下車走進屋子去。

烏燈黑火的，難道主動相約的那個人反而遲到了？劉淑芬在玄關處一跺腳，正要摸那開關，就被人捉住手臂拉進了懷裡。

她小聲地驚呼一聲，隨即明白過來，嬌嗔著捶了那人的胸口一下，「作死呢！嚇到我了！」

「不嚇一嚇妳，怎麼對得起我那滿客廳的瓷器玻璃呢？」那人正是唐十一，他低著頭在劉淑芬耳邊嗅來嗅去，「今天的香水不錯，是上月我送妳的那瓶？妳也太謹慎了，待到現在才用。」

「上月這種香水才剛上架，萬菱裡只有三瓶，誰買去了一查就知道了，好危險的。這個月就不怕了，一下子來了十瓶，我能要到一瓶也不是什麼稀罕事。」劉淑芬頭上還蒙著黑紗，她想把它扯下來，唐十一卻隔著紗巾親吻起她來。新鮮的摩擦感讓人興奮，劉淑芬攬著唐十一的腰，就向客廳的沙發滑過去了。

劉淑芬聽聞中的唐十一是個酒色財氣的紈褲子弟，於是預想中的他不是年紀輕輕便老氣橫秋，就是提早發福地油頭粉面，再往好處想一下，也是滿臉蒼白的病拐青年。

然而不是那樣的。不是那樣的。

劉淑芬撐起身體來，唐十一事後溫存了一會就睡著了，又長又密的睫毛一顫一顫的，睡相倒像天真無邪的大孩子一樣。

第一次見到唐十一，他也是這樣，像個大孩子似的。也的確是個大孩子啊，十九歲，不是個大男孩是什麼？

那天是為唐十一接風洗塵的舞會，她作為唐十一的表嫂還從來沒有見過這表叔呢，便特意挑了新衣服新鞋子。沒想到這小表叔好生大架子，竟然遲到了一個多小時。

這場舞會是傅易遠搞的，她也算半個女主人，便挨個地應酬著那些老爺少爺，飯還沒有吃就跳舞跳得小腿發疼。而更要命的是那新鞋還打腳，她終於挨不住了，賠了笑臉讓自己家的一些女性朋友幫忙招呼人，這才跑到了外頭走廊最盡頭，彎下腰來看自己的後腳跟。

可憐見的，那一小塊皮都被刮起來了。劉淑芬正發愁待會還要受罪，就看見一隻纖長白皙的手伸到了跟前，她一抬頭，見著一個身穿筆挺合身的白色西服的年輕男孩，正低頭對她笑。

劉淑芬好久沒見過人對她笑得這麼純粹了，也就沒有把他當做登徒浪子對待。她對他道了謝，但不去碰那攙扶的手，踉踉蹌蹌地就要走。那男孩卻是上前一步把她扶住了，攤開手掌來，裡頭有兩塊紅褐色的小東西，像是裁剪成一小片的膠布。

「這個東西叫邦迪[4]，妳貼住傷口，會好受些。」男孩說著，讓她在裝飾的花圃邊坐下，自己蹲下去，撕開了那叫邦迪的東西，就要脫她的鞋子。

「誒！你幹什麼！」如果不是怕被人傳她勾三搭四，劉淑芬早就喊人了。

「啊，對不起！」男孩連忙後退一些雙手舉高，無辜地說，「我不是故意的，只是在外國待習慣了……這東西妳貼在傷口上吧，真的很有效的！」

劉淑芬將信將疑地把那一小片膠布貼上了，再穿上鞋子，剛好就把一塊磨破皮的地方蓋住了，還真的舒服多了，一時間一種錯怪好人的歉疚就湧了上來。她站起來朝

4 英文為 Band-Aid，也就是 OK 繃。

他彎了彎身子道謝，又被他扶住手臂阻止了。

「一家人哪裡用得著道謝呢！」

「一家人？」

「表嫂妳好，我是十一。」

唐十一笑得眼睛都彎成了新月形，把整條走廊上的水晶燈光都折射了過來，直直照到了劉淑芬心裡。

「在遇見你之前，我從來沒有想過自己會做出不守婦道的事情來。」劉淑芬摸了摸唐十一的耳朵，「所以就算我吃醋吃錯了，你也不能怪我。」

「我哪裡有怪妳？我是怪我自己。」唐十一捉住劉淑芬的手，「是我最近疏忽了妳，才讓妳胡思亂想。」

「十一，不如我們走吧。」

「走？為什麼要走？」唐十一笑了，翻過身把劉淑芬壓下去，撫摸著她的頭髮道，「妳本來就應該是唐家太太，哪裡算得上不守婦道？妳等著，我很快，就會讓妳名正言順的了……」

劉淑芬自然知道他的話是什麼意思，又想起往日裡傳易遠對她也是不差的，不禁生起些內疚。但那一些內疚又有什麼用呢？在唐十一的吻再度落下來時，那些所謂的仁義道德不堪一擊。

白文韜昨天等到夕陽西沉了也不見小桃過來，就要往沙面跑，但是身上的閒錢都用光了，守橋的士兵就不讓他過去了。他只能回到家裡心急如焚地轉圈，轉到半夜，被隔壁隔間的兄弟喊：「文韜睡覺吧！明天早班呢！」他才應了一聲，把自己塞進被窩裡。

第二天下午五點，他剛換了班就急忙蹬著自行車跑到沙面，正好就遇見了出門的小桃，擔心了一晝夜的白文韜差點喊破音了，「小桃！」

「文韜哥？」小桃被他這一喊嚇了一跳，連忙迎上去，「你怎麼來了？」

「我擔心妳啊！」白文韜把自行車擱下就跑過去捉住小桃的手，急切地問道：「昨天妳怎麼失約了？也沒有給警察局裡打個電話留口信給我，嚇死我了，以為妳出什麼事了！」

「我沒事，只是被表少奶奶上門找麻煩了。」小桃搖搖頭，白文韜心疼地摸了摸她被打腫了的臉，「沒事了，老爺還是向著我的，沒事了。」

「小桃，明天我就來跟妳老爺說我要跟妳結婚，求他放了妳好不好？」白文韜那日見唐十一也是講道理的，於是壯著膽子問。

小桃臉上一下子緋紅了，「你、你胡說什麼呢！你自己都養不活，還想養活我啊？」

「我有存錢的！」白文韜連忙捉了她的手，「我已經存夠錢買個隊長的位置了，以後我會更加努力去捉賊拿懸賞，一定不會讓妳挨苦的！」

小桃看他說得那麼認真，不禁動搖了，「你，你真的想跟我結婚嗎？」

「當然想啊！」

「那，那我今晚跟老爺說，你明天再過來。」小桃害羞地低下頭，白文韜一高興就要抱她，被她使勁推開了，「哎喲，光天白日的呢！別這樣！」

「我太高興了，對不起對不起！」白文韜搔搔髮尾傻乎乎地笑了，臉也微紅了起來，「那，那妳要去哪裡？我送妳去？」

「不用了，我去給表少奶奶送旗袍，你送我去，她又要揪著我說我勾引男人最在行了……」小桃想起那兩個巴掌還是覺得委屈，不由得扁了扁嘴，「沒事，傅家就在法租界，我一會就到了。你先回去吧，要不天黑了你又走不了了。」

「那，那妳自己小心一些。」白文韜點點頭，又跟她叮囑了好幾句，才蹬著自行車回去了。

白文韜蹬著自行車，哼著小曲兒，一步三躍地蹦躂回家，跟他住同間屋子的警察局手足見狀就把他圍住了。

「白文韜，坦白從寬抗拒從嚴，老實交代你遇到什麼好事情了？」

「去你的，老子又不是犯人！」白文韜嘻嘻哈哈地被他們捉住肩膀按在椅子上，「哎，我就不講，看你能耐我何？」

「哎呀，你是不是想試試我們廣州南區警察局的審犯本領！」平素跟白文韜稱兄道弟的細榮作出個慢動作的左勾拳，輕飄飄地打在白文韜臉上，白文韜迎合著發出一聲慘叫，「招不招！」

「我誓死不從！哎呀呀呀呀！！！」

大伙兒又玩鬧了一陣，白文韜終於鬆口了：「饒命啊各位長官，我招了我招了～」

「早點招了不就好了！」細榮用力拍了一下白文韜的頭，「裝打人也是很累的！」

「快講啦！發生什麼好事了？看你笑得這一副淫賤的模樣！」

「老子我要娶老婆啦！！！」

「假的！給我打！」

「肯定是假的！」

「那姑娘一定是瞎的！」

「我不信！」

「你們夠了啊！！！」

別了白文韶以後，小桃一會就到了傅公館。昨天劉淑芬氣沖沖地來找茬打她，她雖然搞不懂是怎麼回事，但旗袍壞了這一件事是板上釘釘的。小桃昨晚連夜修補好了，希望能讓劉淑芬消消火。畢竟她是唐十一的表嫂，以後唐十一還得靠傅易遠來操持家業，小桃實在不希望有什麼藉口讓唐十一為難。她是去嫁人了一了百了，留下唐十一一個人收拾爛攤子就不好了。

心裡想著唐十一對自己的好，小桃下定決心，待會就算再挨什麼委屈都要吞下去。她敲了敲門，奇怪，竟然沒有傭人來應門。她疑惑地按了按門把，門竟然就開了。

「表少奶奶？」小桃猶豫了一下，慢慢走進去，一樓的客廳沒有人，空蕩蕩的。

忽然，一陣打破瓷器的聲音從二樓傳來。她嚇了一跳，還沒來得及反應，只見傅易遠跌跌撞撞地從二樓的房間衝了出來，雙手卡著喉嚨朝樓梯撲過去，卻是站立不穩，從樓梯上骨碌碌地滾了下來。

「表少爺！」小桃連忙去扶他，傅易遠一把揪住小桃的衣服，額頭上青筋暴現，滿臉漲紅。他瞪著兩隻充血的大眼緊緊盯著小桃，猛烈地抽了兩口氣，就一翻白眼暈過去了。

「表少爺！表少爺！」小桃使勁搖了他兩下，全無反應，她慌得要哭了，正要去打電話，可一站起來，就看見樓梯最上一層站著了兩個人。正是劉淑芬，還有唐十一！

「老爺？」小桃睜大了眼睛，嘴唇顫抖，「你、你……你們……」

「小桃，妳怎麼會在這？」唐十一臉色鐵青。

「我、我來給表少奶奶送衣服……老爺我什麼都不知道，真的，我什麼都沒看到！」小桃「撲通」一下跪了下來，「我真的什麼都不知道！老爺、老爺，十一少爺，你相信我，你相信我！」

「不能放過她！這臭丫頭看見了我們，傳出去可不得了了！」劉淑芬三步併兩腳跑下樓來揪住小桃的頭髮，「唐十一，今天不殺她，你一定會後悔！」

「少爺！」小桃被揪著頭髮提了起來，滿臉的淚水也不知道是痛的還是嚇的，「你相信小桃，小桃真的什麼都沒看到……你不是要打發小桃嫁人嗎！小桃本想今晚就求你放我出府的！少爺、少爺！你就放小桃去吧，小桃一個字都不會說，小桃馬上消失，少爺，你放我一馬吧！少爺！少爺！」

「放手。」唐十一面無表情地對劉淑芬說。

「唐十一！」

「我讓妳放手！」唐十一大喝一聲，劉淑芬只好鬆了手，小桃跌坐在地上，嚇得腿腳發軟了。

他慢慢走過去，把小桃扶到了沙發上，「妳真的打算跟那個白文韜走？」

「是！是的！」小桃捉住唐十一的手哭著哀求，「少爺，你看在我從小服侍你的份上，放我一條生路吧！小桃這輩子做牛做馬還不完，下輩子也繼續還你！少爺，少爺我求求你，我求求你！」

「那小子願意跟妳走嗎？」唐十一嘆口氣，「他願意放棄廣州的一切跟妳走嗎？」

「他願意的！他只是個普通的雜差，哪裡有什麼可以放棄的！」小桃連連點頭，「我們會離開廣州回鄉下！或者再走遠一點，廣西、湖南、湖北，哪裡都可以，只要少爺你放我們一條生路！」

雜差？竟然是個員警？「好，那妳現在馬上打電話給他，叫他跟妳私奔，今晚九點在天字碼頭見，別的話一概叫他別問，知道嗎？」

「知道！我知道！」

「唐十一！」

劉淑芬一把拔下頭上的岫玉簪子就要插向小桃，唐十一眼明手快一把捉住她的手腕，「妳幹什麼！」

「你捨不得這個小賤人！我幫你！」劉淑芬拗不過唐十一，就用眼睛狠狠地剜著小桃，「天底下只有死人能守祕密！這個道理你知不知道！」

「我讓妳閉嘴！」唐十一把劉淑芬一把推倒在地上，劉淑芬一摔簪子，滿心不忿地哭了起來，但唐十一沒有理她，他把電話機拿到小桃跟前，「妳繼續哭，待會那個雜差就會聽見妳的聲音，就知道是妳逼走小桃的，妳還要不要哭？」

劉淑芬還想爭辯，唐十一已經拿起話筒塞到小桃手上，她只好咬著嘴唇忍住哭聲。

「現在打給他，說錯一個字，就不要怪少爺對妳不好了。」

「是……是……」小桃深呼吸一口氣，捏了一下自己發抖的手指，慢慢撥了白文韜那員警宿舍的電話，「……喂，你、你好，我想找白文韜……」

「哦，找文韜啊？妳等等！」一個叫大鵬的高個子手足對還在跟別人玩鬧的白文韜喊：「白文韜！你婆娘！」

「哎！你們別急著喊，等我擺酒了你們再喊嘛！人家會害羞的！」白文韜笑開花了，鞋都沒穿好就蹦躂過去，「喂？小桃？」

「文韜哥，你今晚九點，在天字碼頭等我。」小桃一邊說，一邊偷眼看唐十一的面色。

「今晚九點？」白文韜一愣，「我沒問題，可是妳這麼晚出來，不怕回不去嗎？」

「我要走了，你跟我一起走吧。」小桃有點語無倫次了。

「什麼？走？走去哪裡？」白文韜斂起笑意了，「小桃妳聲音怎麼了？發生什麼事了？」

「你不要問了，總之，你要是還喜歡我的話，今晚九點，收拾好行李到天字碼頭等……碰！」

「小桃！！！」

電話這邊的白文韜只聽見一記響亮的槍聲，接下來就只剩無法接通的聲音。他臉色煞白，話也不多說一句就出門飛奔去英租界了。

小桃整個人都呆住，連眼睛都不會眨了，她手上還握著半截話筒——另一截被唐十一一槍打掉了。她直愣愣地坐著，看著唐十一撿起地上的岫玉簪子，慢慢朝她走過來。那冰涼的岫玉一下下地劃進她臉上的皮肉，她應該感覺到痛的，但她已經完全不會反應了。

待唐十一把那滿是血的岫玉簪子扔到劉淑芬跟前時，劉淑芬已經捂住嘴巴衝進廁所去吐了。

「小桃乖，少爺真的不想妳死，但是妳一定要死。」唐十一把手帕拿出來包紮了一下小桃臉上縱橫交錯的傷，「我待會找人把妳送回鄉下去，但是從今天開始，妳不叫小桃，妳是陳小娟，是土生土長的鄉下女孩，臉上的傷是反抗日本人的時候被弄的，知道嗎？」

小桃這才緩緩轉了頭過來，眨下了豆大的一顆眼淚，哇地一聲趴在唐十一的肩頭上哭了起來。

唐十一慢慢撫著她的背，一下一下，像他從前生病吐了她一身以後，她給他的輕柔撫摸。

白文韜急匆匆地一路飆車到了沙面，那副模樣嚇著了守橋的兩個英國士兵。他們馬上上去把他攔住了，一個勁地喊：「Get out of here！」

白文韜聽不懂，一時走得焦急也沒有帶錢，只能指手畫腳地示意自己有急事，但他越急，英國士兵也越緊張，認定他是要來找住在裡頭的貴人們麻煩的，用力把他推了開去。他剛想上前，他們就「喀嚓」一下把槍上了膛對著他大喊：「Freeze！」

他也只好馬上舉起雙手定住了腳步。在橋外徘徊了半天，也無法靠近一步，那兩個英國士兵更是盯得死緊，他使勁揪了揪頭髮，只得先回員警宿舍。

這一晚他眼睜睜地看著天從黑的變成白的，滿腦子都是各種心驚膽戰的念頭，好不容易熬到七點鐘，他就一溜煙地爬了起來，又一次衝去了沙面橋。

心急如焚的白文韜當然沒時間去看那一毛錢一份的新聞——今天的新聞頭條，大字標題刊登了傅易遠被仇家毒殺未遂的消息。而比記者更快得知這件事的叔伯兄弟，一大早就聚集在醫院的加護病房裡，圍著滿臉愁雲的唐十一以及泣不成聲的劉淑芬了。

還有一個躺在床上不時抽搐兩下手腳，歪著嘴巴不停流口水，雙眼緊閉、臉色灰黃的傅易遠。

「都怪我！都怪我啊！」劉淑芬撲在床邊捉住傅易遠的手哭道，「我去打什麼通宵麻將啊！我就該留在家裡陪你的！易遠！易遠啊！你怎麼就成這樣了，都是我不好，都是我不好啊！」

「表嫂，妳別這樣，快起來吧。」唐十一把劉淑芬扶起來，「妳就算在家，也只是……唉……」

「豈有此理！鐵哥才去了多久，就有人在太歲頭上動土了！」羅山用力拄了一下拐杖，「易遠，你就算拚了命，也該告訴我們仇人是誰，才好為你報仇啊！」

「羅老爺，表哥能保住性命已屬萬幸，你就不要逼迫他了。」唐十一嘆口氣，握了握傅易遠的手，「都是十一不好，要是十一不把家業都壓在表哥身上，也許就不會招來殺人之禍，該受這罪的是我唐十一才對！」

傅易遠聽見「唐十一」這三個字，身體猛地抽搐了一下，竟然睜開了眼睛，死死地扒住了唐十一的衣服，目眥盡裂，唇舌抖顫，卻是只能發出「嗚嗚呀呀」的低吼。

「表哥！」唐十一捉住了傅易遠的手痛哭了起來，「我知道，都是我害的，都是我害的！你掐死我！你掐死我吧！」說著，就要把傅易遠的手卡上自己的脖子去。

「十一！使不得！」在場的青年人連忙上去勸阻，傅易遠不肯放，唐十一也不肯，頓時亂作了一團。

鄭家大少鄭承之連忙打發人去喊醫生，又繼續去掰傅易遠那死硬死硬的手，「易遠，你真的想掐死十一不成?!」

「我該死！我這種廢人就該死！」唐十一淚流滿臉，「都是我害了表哥，都是我！」

「你們鬧夠了沒！」突然，一直靜坐一旁的蔣麗芸叱喝了一聲，在場的人都靜了下來。她站起來往床邊走，眾人都讓開路來給她。

傅易遠的手還是卡在唐十一的脖子上，但其實他哪裡使得出力氣，都是唐十一捉著他的僵硬的手腕掐上去的。

蔣麗芸走到唐十一跟前，「啪」地甩了他一個耳光，「你怎麼還是不懂易遠的意思呢！」

「我不懂表哥的意思？」唐十一鬆了手，按住了挨打的臉，劉淑芬趁機把傅易遠掰了下來。傅易遠又一次使勁掙扎了起來，那不自然抽搐的手腳一個勁地往唐十一身上抖。

「易遠拚了命來捉住你，難道就是為了讓你死給他看嗎？」蔣麗芸自作主張地把傅易遠的手捉起來，又把唐十一的握上去，「他是要把唐家的家業都交給你，他希望你能答應他，要不，他真的死不瞑目啊！」

「可是我，我怎麼可以……」唐十一說話間，傅易遠又撲了起來，這次他攀住了唐十一的手臂，掛在了他身上。唐十一當下悲從中來，撕心裂肺地喊道：「表哥！！！」

「十一！你就答應易遠吧！」劉淑芬跪了下來，捉住唐十一的衣角哭道，「你看他這個樣子，你還不答應他，他真的做鬼都不安心啊！！！」

「十一，你該懂事了。」蔣麗芸拍了拍唐十一的肩膀，又看向在場的各位老爺少爺，「這裡的每個人都受過唐家的恩惠，唐家有什麼困難，我們二話不說要錢給錢要命給命。但是如果連你，唐家的大少爺，都不敢承擔這個家，我們這些外人就算想幫又能如何呢？你明白易遠的心意了嗎，十一？」

「十一明白了，明白了！」唐十一猛點頭，反過來把傅易遠捉住了，抱著他一邊哭一邊說：「表哥，十一明白了！十一真的明白了！你放心，我會接管唐家所有的事情，我會好好照顧表嫂，就算多辛苦我也要學會帶兵，不會丟你的臉！表哥，十一答應你，十一答應你啊！」

唐十一本來就長得好看，尤其一雙眼睛，平素就已是亮盈盈的含煙帶水，現在哭起來，那股子清俊就更顯得有點梨花帶雨的脆弱，倒是看得人於心不忍了起來。

羅山像慈父一樣摸了摸唐十一的頭，安慰他說：「鐵爺會高興的，十一，你也別難過了。」

「你們一群人圍著病人幹什麼！」這時，醫生帶著幾個男護工進來了，男護工一下就把唐十一推了開去，把傅易遠按回床上去，「你們知不知道這樣刺激病人的情緒，可能會引起更嚴重的意外的！」

「對不起，我們不是故意的。」唐十一道了歉，趕忙讓開位置，好讓醫生替傅易遠打鎮靜劑，「各位叔父兄長，十一在這裡再陪表哥一會，你們還是先回去處理自家的生意吧，不要為了十一的家事而耽誤了。」

「哪裡話，十一，有什麼事情記得講，我們都會幫你的。」眾人又勸說了幾句，就都離開了。而醫護人員檢查過傅易遠沒什麼問題，又嚴厲地叮囑了唐十一跟劉淑芬一次，才皺著眉頭走出病房。

此時，唐十一已經不哭了，他掏出手帕擦了擦臉，眼裡還有淚水，鼻頭還是紅的，只是臉上的神情已經全然跟「悲傷」扯不上關係了。

劉淑芬拍了拍旗袍，走過去從後環住他的腰，「十一爺的戲做得真好，不當電影明星真是浪費了。」

「妳忘了我學過戲嗎？」唐十一擤了擤鼻子，收好手帕，推開了劉淑芬，「這裡畢竟是外面地方，我們今晚去看戲，進了包廂再跟妳說話，嗯？」

「少來，剛才哭得那麼傷心晚上就去看戲，看那班老傢伙不熔了你？」劉淑芬笑笑，把唐十一剛才被傅易遠弄皺的衣衫整理了一下，「我今晚還會傷心過度呢，你這個小表叔可記得來安慰我，別忘了你答應過照顧我的。」

「那當然了。」唐十一低頭親了一下她的臉，「我去跟主治醫生聊一會天，晚上見。」

唐十一走出病房關上門，劉淑芬坐到傅易遠床邊，溫柔地說道：「易遠，你這樣更難受吧？你一定在說『你們為什麼不殺了我』是吧？一夜夫妻百夜恩，我至少還會讓你輕鬆點解脫的。」

劉淑芬打開手袋，從裡頭拿出了一支空針管。

唐十一坐著車回沙面，突然路上衝出一個人直撲了過來。司機劉忠猛踩煞車才沒撞上他，正打算開口大罵對方的父母祖宗，那人卻「嗖」地一下衝到了後座的車窗外，使勁拍唐十一那側的玻璃。

唐十一定睛一看，果然是白文韜。他打開車窗，一臉不解地問：「白先生？」

「十一爺，請問您知道小桃在哪裡嗎？」白文韜雙眼滿布血絲，眼圈青黑，分明一夜無眠，「我剛才去過您家了，權叔說她不在，是您叫她去別的地方辦事了嗎？」

「小桃？」唐十一皺了皺眉頭，「她昨晚開始就沒回過家了，我還以為她是在你處玩得太晚，過了宵禁時間回不來呢！」

「沒有！昨天小桃沒出過沙面！」白文韜揪了揪頭髮，「怎麼辦！她一定是出事了！怎麼辦！」

「白先生，你先上車再說。」唐十一開了車門讓他進來，「你說小桃出事了，這話怎麼說？」

「昨晚她打了個很奇怪的電話給我，叫我跟她私奔，然後就聽到了槍聲，然後就再也打不通了！」白文韜揪緊了腿上的褲子，「十一爺，小桃很有可能去了傅公館，你帶我去傅公館找她吧！」

「要是平時，我倒是樂意帶你去的，但是你知道昨晚發生什麼事情嗎？」唐十一面色陰沉下來，「昨晚我表哥傅易遠被人毒害，現在躺在醫院，成了廢人一個。現在帶你去傅公館鬧事，我對得起他嗎？」

「我不是去鬧事的，十一爺，小桃不在的話我馬上就走，絕對不會為給您添半點麻煩！」白文韜突然掌摑了自己一巴掌，「我這張笨嘴，前些日子冒犯了您，我給您賠罪！」

「做什麼！」唐十一馬上捉住了他的手阻止他打第二下，略帶怒氣地喝道，「我唐十一是這樣的人?!」

「十一爺當然不是這樣的人！」白文韜停下動作，反手握住唐十一的手道，「是我自己擔心過度所以胡思亂想罷了，十一爺你就可憐可憐這個憂思過度的蠢人，帶我走一趟傅公館吧，我求求你了！」

「你為什麼認定小桃就是在傅公館？」唐十一撥開他的手，環了手臂在胸口前，挑起眼睛來問道。

「昨天五點多的時候，我曾經見過她，她說她要去傅公館給表少奶奶送旗袍，傅公館裡也有電話。」白文韜豎起三根手指道，「如果真的打擾到了傅家，我日後一定三牲六禮上門請罪！但求十一爺你賣個人情！」

「好了好了，不用說得那麼嚴重，就是去傅家走一趟罷了。反正表嫂也還在醫院，走就走吧。」唐十一拗不過白文韜一輪輪的懇求，就打發司機往傅家開去。

白文韜梗直了脖子使勁往外看，生怕錯看了路上的一個行人、錯過了小桃的蹤影。

唐十一手臂橫在胸前，一隻手遮住了對著白文韜那邊的臉頰。樹影斑斑駁駁地掠過，不知道他心裡在打算著些什麼。

一會，車子就在傅公館外停下了。唐十一在車子停穩前就捉住了白文韜的手臂警告道：「雖然沒有家主在，你也不能太放肆。」

「我明白，我就找人，絕不給你添麻煩。」白文韜猛點頭，唐十一這才放開手，一同下車了。

才走到門外，就聽到了一聲驚慌的女人尖叫。白文韜出於職業習慣，馬上一腳踹開大門衝進去，環視一下大廳，就朝二樓跑。

一個傭人打扮的三十多歲的女人跌坐在走廊上，她面色慘白，驚慌失措地捂著嘴發抖。白文韜跑過去扶著她，掏出警員袖章問道：「妳沒事吧？我是員警，發生了什麼事！」

「員警、員警先生！」那女人連忙捉住白文韜，指著面前的房間大叫，「死人！死人了！」

白文韜循著女人的指向走進那房間去，只見一個身穿藍色碎花傭人衣服的女人滿身鮮血地倒臥在立地大衣櫥旁邊，床上放著一些洗乾淨了的衣物，看來那個女傭應該是打開衣櫥放衣服時發現裡頭有一具女性屍體，所以才發出慘叫。

「芳姨！芳姨妳怎麼了！」

唐十一也上來了，那傭人一見他就撲過去拉著他的衣袖哭，「老爺！死人了！這屋子又死人了！我不做了我不做了！你還是收我回去唐家吧老爺！」

「芳姨妳別慌，先去報警，快！」唐十一打發芳姨去報警，自己就走進房間去。

白文韜站在床邊，一動也不動地看著地上那具屍體。唐十一湊過去看了看，只見那具女性屍體臉容盡毀，完全認不出樣子來，但看身段，卻真的跟小桃十分相似。

「白先生，這……」

「十一爺，勞煩你幫我看一下……」任憑白文韜多麼冷靜機智，此時也無法控制自己顫抖的聲音了，他甚至沒有勇氣親自確認這具屍體的身分，「她的左手掌心，是不是有一顆淡褐色的痣？她的脖子上是不是有一條銀鍊子，鍊墜是一個帶葉子的蟠桃？」

「嗯。」唐十一掏出手帕來捂住口鼻，蹲下身去檢查了一下，然後抬起頭來，艱難地朝白文韜點了點頭。

白文韜後退了兩步，頹然跪倒在地上。

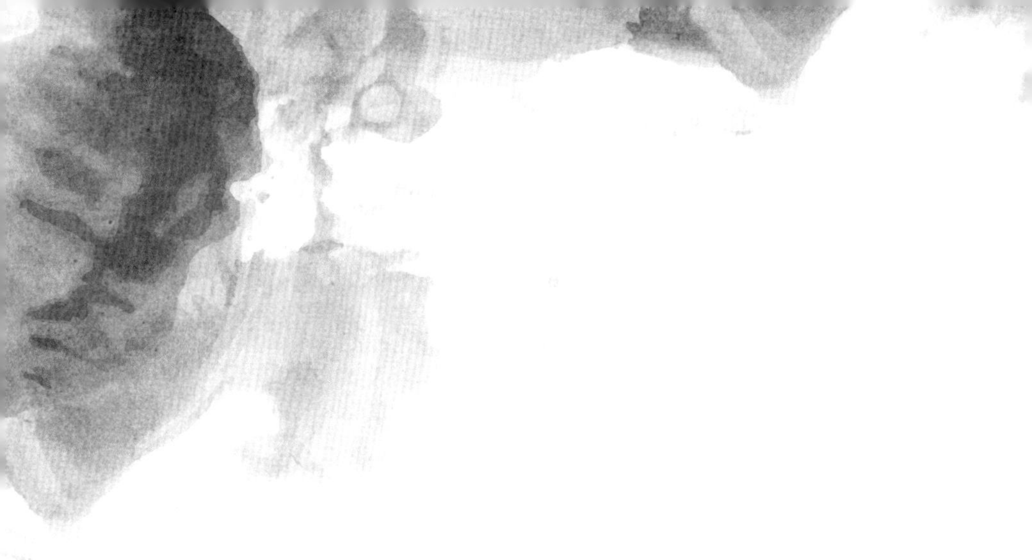

第三章

白文韜一回到警察局就要往羈留室跑，卻被細榮一把拉住了，「文韜！」

「放開我，我要親自問問那個女人為什麼這麼對小桃！」白文韜甩開他，其他兄弟卻圍了上來，「走開！」

「文韜，局長下命令了，這個女人只能他來問，我們要是敢靠近羈留室一步，守門外的人隨時可以朝咱們開槍的！」

「唐老爺，你放心，傅太太一定不會少一根頭髮的。」此時，警察局局長梁偉邦點頭哈腰地從護送著唐十一從羈留室裡出來。

「嗯，那就拜託局長你多多看顧我表嫂了。」唐十一走了兩步，就看見白文韜睜大眼睛怒視著自己。他垂下眼睛，別過了臉，頭也不回地走出警察局。

這算什麼？一條人命這就算了？好好看顧？該被好好看顧的難道不是受害者的親眷嗎，卻怎麼成了凶手了？

「啊！！！」白文韜使勁推開眾人，用力踹了一腳辦公桌。

唐十一出了警察局，馬上就往陶然居去了。他掏出懷錶來看，已經下午四點了，從昨晚到現在他都沒好好歇過，不由得皺著眉頭捏了捏眉心。

「老爺，要不要先回去休息一下？」劉忠也是看著唐十一長大的，這才二十歲的娃子，一日之間經歷了這麼多的事情，他都替他心痛了。

「不，直接去陶然居吧。」劉源祥夫婦還在那裡等他呢，「待會我跟劉家在裡頭講話，任何人都不要放進來。」

「是的，老爺。」劉忠又問，「老爺，要不要叫幾個人手過來當你的保鏢？」人手？哈，他們還是姓傅的，保我？不殺我就算好的了。唐十一把懷錶收好，「不用了，我這麼一個二世祖，暫時沒有人覺得我礙手礙腳的。我瞇一會，到了叫我。」

「是的，老爺。」

劉忠也故意把車開得慢了些，到了陶然居便叫醒唐十一。唐十一振作精神，進包廂見了劉源祥夫婦，不過也只是說些「一定盡全力救表嫂出來」的話。

「十一，我們就這一個女兒，她命苦，丈夫成了那樣，現在又被人誣陷進了監獄，我們兩老都不知道該怎麼辦啊。」劉夫人哭得手帕都濕透了。

「兩位都是十一的長輩，無論結果怎樣，十一都會侍奉兩位終老的，兩位且放寬心，先喝杯熱茶吧。」唐十一一邊為他們斟茶一邊嘆氣，「表嫂真傻，我只是擔心新來的傭人不知道表哥的口味，才打發小桃去幫忙的，她怎麼會以為小桃跟表哥有染呢？唉，都是我自作主張的錯啊。」

「我這女兒是小性子了些，但說到殺人，她是沒有膽量的。」劉源祥聽出了唐十一的言外之意。罷了，活到這把年紀，只要女兒安好，權勢利祿都算了吧。

他從袖子裡掏出了一只形狀像半隻猛虎的黃金兵符，跟傅易遠那一半合起來就是完整的司令牌。

「十一，你以後要帶領幾千人的軍隊，要是連自己家的女眷都無法照顧，又如何讓他們信服你？」

唐十一瞥了那兵符一眼，笑了笑，「修身齊家治國平天下，十一謹記教誨。表嫂的事情，我一定盡力。」說罷，他慢慢把兵符握在了手上，手感不錯，挺沉的，黃金的成分一定不低。

「站住！你不能進去！站住！」門外吵鬧的聲音未止，包廂門就被撞開了，白文韜氣沖沖地闖進來，咬牙切齒地站在唐十一跟前，從微敞開來的藏青色西裝外套裡看見了警槍的槍把。

唐十一皺了皺眉，客客氣氣地讓劉源祥夫婦先走，待他們都走了，又關了門，才翹著腳坐下來對白文韜說話，「白先生，有話好好說，我一個正經商人，你嚇著了我，大家都沒有好處。」

「既然你是正經商人，那小桃就是正經商人的女孩！一個正經人家的女孩死了，你怎麼能一個清白公道都不給她！」白文韜雙手拍在桌子上，「唐十一，你不要告訴我，你對小桃一點主僕情分都沒有！」

「那一點情分能成什麼事！」唐十一不覺也大聲了些，「你知道你要動的是誰的女兒？劉源祥！手下有三千精兵的劉源祥！那些是軍人，是士兵，不是你在街上隨便逮捕的流氓混混！」

「我只知道天子犯法與庶民同罪！」白文韜一步不讓，「何況現在是民國了，連天皇老子也倒臺了，這世界哪裡有得罪不了的人！我白文韜不怕得罪人！要人證，我一個就夠了，十一爺不必擔心被人拖下水，但你也別想著把任何人拖上去，我就是豁了命，也要劉淑芬賠命！」

唐十一為他這番慷慨陳詞鼓了幾下掌，「好好好，好一個白文韜，可是，你不會那麼天真，以為只有我一個人在阻撓你吧？」

「多少人我都不在乎，我在乎的，只有小桃一個人。」白文韜盯著唐十一的眼睛，「還請十一爺高抬貴手，當做什麼都不知道。」

「我一個人的貴手要抬沒有多難，可是三十人三百人三千人呢？如果你出面作證人，外頭會有多少人等著拿你的人頭！」唐十一站了起來，指著那雕花窗戶朝白文韜說道，「你以為我在救劉淑芬？我在救你！我什麼都不做，劉淑芬伏法，你被人砍死，我接手傳易遠的軍隊，多順理成章，我為什麼要費工夫去救她！」

白文韜一愣，「我倒是不知道你為什麼要救我。」

「是啊，我為什麼要救你。」唐十一背轉身子，深深地嘆了口氣，「大概是因為，這樣小桃會高興吧？」

「……多謝十一爺費心。」白文韜稍稍壓了怒火，但那一口氣哽在喉頭，是怎麼都吞不下去的，「但她是我的妻子，大丈夫保不了妻子生前安康已經有愧天地了，如果連死了都不能還她一個公道，我就算平平安安活到一百歲斷氣，又能堂堂正正地下去見她嗎？」

「人死了就是死了，我不信有陰曹地府這一套。」唐十一轉身拉著白文韜往外走，「跟我來。」

「去哪？」白文韜被唐十一塞進了車子。

「黃埔軍校。」唐十一叫劉忠開車。

其實唐十一真的可以放任白文韜自尋死路，但看在那一幅他那麼喜歡的詩詞份上，他也有點捨不得他橫死街頭。既然說不動他，只能打趴他了。

黃埔軍校自去年年底全校遷到了德興以後就基本上荒廢了，傅易遠看準了這個三不管時期，把它收了作為自己的軍隊訓練場所。這裡平地少，背靠環山，有水路隔斷，是天然的訓練野外作戰的好地方。原來跟著傅易遠的軍隊中有個號稱以一敵百的精兵營，就是這麼訓練出來的。

唐十一到了以後，就叫人傳了軍令叫那五百人的精兵營到校場集中。白文韜跟著他進了辦公室，「十一爺你帶我到這裡幹什麼？」

「你剛才不是很豪氣地說任何人都別想把劉淑芬拖上水嗎？」唐十一挑了兩把槍扔給他，「現在是晚上六點，天亮之前，你能打贏外頭那五百人，你要公道也好，清白也好，我什麼都給你。」

「……怎麼樣才算打贏？全殺了？」白文韜居然想要答應。

「他們是軍人，自然是按照軍人的打法，營長投降就算贏。」唐十一看穿了白文韜的想法，「精兵營的營長周傳希是廣州散打王，擒賊先擒王這個把戲我恐怕你玩不轉。」

「一個營不夠，再來一個營吧。」白文韜收起了那兩把槍。

「什麼？」唐十一以為他受刺激過度了。

「我說，請你再叫一個營過來，但請你不要通知他們說我只有一個人，要不也太輸氣勢了。」白文韜說，「十一爺，你不要指揮他們，那對我不公平，就告訴他們這是場模擬戰，目標是要捉一批江洋大盜，任他們自行組織。天亮之前他們捉到我，我服輸，再也不去想為小桃討回公道的事情，但如果天亮之前我能讓他們兩個營都投降，那就委屈十一爺你背個殺嫂叛親的罵名了。」

唐十一輕蹙眉尖看著白文韜，看見了他往西裝下襬擦手心的動作。看來他也不是勝券在握的，卻還是一門心思要試試一人獨鬥兩個營的士兵，除了「瘋子」兩字，唐十一想不出別的詞語去形容他了。「好，譚副官，再叫一個營的士兵過來！」

「是，司令！」這一聲司令叫得唐十一有點不習慣，但那姓譚的副官卻沒有一點抵觸——也對，本來軍人就是認兵符不認人的。

「多謝十一爺。」白文韜說著，就往門外走。

「你去哪裡？」唐十一叫住他。

「當然是去藏起來啊。」白文韜側過臉來笑笑，「十一爺，記住別告訴他們江洋大盜有多少個。」

唐十一看著他跑進黑夜中躲藏了起來，心裡不覺有點佩服起這個人。小桃最多算是他沒過門的妻子，他只是吞不下這口氣的話，搞個暗殺私下解決劉淑芬也不是難事。但他就是要一個公道，要還小桃一個清白。他不以暴制暴以殺止殺，倒真有兩分俠士的風範。

可是在這個時代，俠士都是死在前頭的。唐十一憑欄遠眺，已經找不到白文韜的身影了。

「司令，人到了，在前面校場列隊等你發話。」譚副官面無表情地彙報。

果然是精兵，速度夠嚇人的。唐十一整了整衣服，就往前頭校場閱兵臺走去。黑夜之中，他看不清那些人的樣子，但那壓人的威勢還是讓他緊張了一下。

他鎮定地說今晚是一場模擬野外作戰，目標是藏在這邊山林裡的江洋大盜，人數不清楚，對方裝備也不清楚，天亮前要把他們都捉住，但不能打死。精兵營營長周傳希跟第一營的營長梁武接了命令，便退回各自陣營，開始了商討對策。

唐十一下了檢閱臺，回到了軍校三樓的辦公室，這裡居高臨下，可以看見整體的環境，看看時間，才八點。白文韜從陶然居跟了他過來，沒吃沒喝的，心情又頗為鬱結，跟那些吃飽喝足了過來「參加訓練」的士兵相比，一點優勢都沒有，唐十一倒想看看他要怎樣叫他背負殺嫂叛親的罪名。

卻說周傳希跟梁武接了命令，竟然不約而同地以為這是一場精兵營跟第一營的較量。只怪唐十一不知道，平日練兵都是每個營各自為政的，合營訓練除了閱兵就是進行對抗賽。所以雖然唐十一叫了兩個營來對付白文韜，但其實他們既要考慮活捉目標，又要防範對方捷足先登，反而限制了他們的行動。所以白文韜也不是像唐十一想的那樣毫無優勢。

只是這優勢也不是非常明顯罷了。

「武哥，這個唐司令一接印就要我們跟精兵營比賽，你說他是想幹什麼呢？」梁武的副營長高升讓兄弟們紮好陣營休整，便跟梁武商量起來。

「管他要幹嘛，反正兵符在他手上，他也沒讓咱們送死，就聽他的吧。」梁武卻是精神萬分，「難得可以會一會精兵營那些傢伙，要是這次我們贏了，就吐氣揚眉了！」

「那是，傅司令在的時候，老是神神祕祕地讓他們單獨訓練，也沒見他們做出些什麼大功勞來，憑什麼吃用就比我們的好！」高升連連點頭，順便煽動起士氣來，「兄弟們！我們這次加把勁！幹掉精兵營！」

「幹掉精兵營！幹掉精兵營！幹掉精兵營！」

這邊口號喊得那麼響，在遠處挑了一座山頭作營地的周傳希自然聽見了，他笑著捻滅了菸頭，「挑個那麼開闊的大平地當陣營，我是賊人就在那高地上亂槍掃射下來，沒死光也死一半了！」

「就這智商還想跟我們叫板，不自量力。」周傳希的副營長顧元楠說，「那我們現在開始搜山？」

「有多少人帶了手電筒？」剛才軍令傳得急，大家都沒帶什麼家當。

「剛才收集起來重新分配過了，一排只能分到兩支，營長，這是你的。」顧元楠把一支手電筒遞給他，「還好兄弟們平日都配著槍。」

「對方有多少人我們還不知道，還是小心一點好。」周傳希抬頭看看天，今天是三月初七，月亮朦朦朧朧的，還有頗為濃重的烏雲，真正是月黑風高了。

兩方人馬等到十點，梁武那邊就按捺不住了，星星點點的黃色光源散了開來，看來是出發搜山了。周傳希把幾個排長叫了過來，重複了一次指示，正要說出發的時候，突然山上傳來一下槍聲，接著就是十多發子彈連發的聲音。精兵營的人迅速找了掩護藏了起來，觀察剛才的槍聲是怎麼回事。

「媽的！關電筒！關電筒！」梁武吃了記冷槍，雖然只是擦著小腿過去受了些皮肉之苦，也足夠叫他暴跳如雷了，「他們專朝光線打！」

幾秒鐘以後，整座山頭又歸了黑暗，一個人跌跌撞撞地跑過來，肩上流著血。「營長！西邊山頭發現了盜賊！他們正跟精兵營打著呢！精兵營的都被打得藏進掩護裡了！」

「孬種！看老子的！」梁武往地上吐了一口口水，「步兵連全部跟我走！」說著，就火速往西邊山頭進軍。

白文韜擦了擦臉上的血，把袖子上的第一營袖章摘下來，換了一個精兵營的袖章，抄小路跑到了精兵營的後方，打了兩個滾，倒在地上「咿咿呀呀」地叫痛起來，「哎呀喲，痛死啊！」

「兄弟！你怎麼了！」聽到聲音的精兵營士兵扭頭一看，就看見個小兵從山坡上滾了下來，還帶著傷。

「快、快通知指揮官！」白文韜咬著牙，似乎在忍受極大的痛苦，「後山！後山有盜賊偷襲！他們都上真槍了！哎喲媽呀，唐十一是要害死我們啊！」

本來炮兵連應該在前頭才對的，但這次唐十一突然集中，什麼彈藥都沒有，炮兵連反而在後方擔當後防。前頭槍聲響起的時候，炮兵連還在疑惑到底是自己人還是對方，待到白文韜這番話傳到炮兵連指揮官耳朵裡，他就在心裡暗喜「這回還是我炮兵連立的頭功」，連忙跑上前頭報告有賊人偷襲後方。

「媽的，竟然上真槍！副營長！帶一半步兵連到後山！剩下一半跟我從前面出發，包抄他們！」周傳希上了槍膛，就跟顧元楠兵分兩路去圍剿賊人。

沒想到剛出掩護，就看見迎頭來了二三十個人，個個都是殺氣騰騰的，周傳希讓手下停下，他自己打亮手電筒，想看看對方是誰。

但那光未及發散，軍中突然有人大喊「他們是賊」，隨即對方就對他們開槍了。周傳希立刻滾到附近一棵大樹後，躲開那一陣陣的槍擊，「找掩護！」

精兵營的迅速找地方做好掩護，也都反擊了過去，如此駁火了幾分鐘，兩方人員的子彈都打完了，周傳希屏著呼吸往外探頭看了看，一個躲藏在不遠處的人影竟然撲了過來。當然，以他的身手三兩下就把對方放倒了，但那人的慘叫激發了兩方人馬的神經，兩邊的人都嘶吼著朝對方衝去，肉搏了起來。

卻說顧元楠帶了人馬到後山，卻來來去去找不到賊人的蹤跡，這才反應過來「糟糕調虎離山」，立刻就調頭飛奔回前頭，可巧就看見了一堆人在互相搏鬥。烏燈黑火他分不清誰是誰，便叫大家收起槍，怕誤傷了自家兄弟。

周傳希自然不會在打鬥上落於人後，他仗著身手好，一路往對方陣營中心打過去，解決了周邊的雜魚以後，就朝中間那個看來有幾道板斧的人掄起拳頭來。

對方也非是易與之輩，那拳風路數絕對也是個練家子的，周傳希一向自負，更加被激起了鬥志，瞬間就跟那人纏鬥了起來，打了個難分難解。但對方似乎非常熟悉他的打法，兩三百個回合以後，對方突然暴吼了一句：「龜蛋報上名來！」

「你爺爺周傳希！！！」周傳希吼了回去，卻是覺得對方的聲音有些熟悉。

「叼！是你個龜蛋！」對方格住了周傳希一拳，卻不還手，只把他兩手挾在身側，「我是梁武！」

「梁武?!」周傳希猛地抽回手，把他推開，「操，難怪這麼熟悉！人家住手！！！自己人！！！」

「你們怎麼撲出來了！」梁武揪住他一條胳膊問，「不是都被打到躲進掩護坑了嗎！」

「我怎麼會那麼孬！」周傳希猛回頭，「糟！那在後方偷襲的真是賊了！兄弟們跟我回防！」

「等下！」梁武拉住他，「我們一顆子彈都沒有了怎麼跟他們拚！」

「我精兵營空手都能打贏！你沒種就別跟著來！」

周傳希帶著人往後退，本來在靜觀變化的顧元楠發現對方人馬突然調轉過來，又聽見後頭有人喊「賊人打過來了！」，當下往地上放了一槍，想讓對方停住腳步。

沒想到這一槍打在地上，卻叫周傳希認定了那就是賊，因為顧元楠絕無可能向他發槍，當下就下令全力撲殺，兩方人馬打了起來。

跟在後頭的梁武見周傳希發難，便跟著認為那是賊人。「沒種」這個詞他絕對不肯吞下去的，也不管周傳希的精兵營打法如何，也跟著混戰了起來。

兩個營一千多人在一片黑山密林裡混戰起來，場面頗為壯觀。白文韜躲在一邊看了看手錶，快十二點了。

自從兩方人馬上了山，唐十一就看不見他們的蹤影了，但是槍聲跟廝殺聲還是聽得他冷汗直流。不對，對付一個人，是不會發出這種大軍廝殺的聲音來的，到底山上發生什麼事了？他頗為焦急，倒不是擔心自己的人馬會輸，而是擔心他們會不會一個失手把白文韜打死了。

那樣的字，那樣的氣勢，若真是就這樣死了，也挺可惜的。唐十一掏出懷錶來看時間，一點了。距離天亮還有很長的時間，雖然廝殺的不是他，但他也覺得時間難熬了起來。

而在山頭上打了個昏天黑地的士兵們，終於也發現了大家都是自己人，頓時喊爹罵娘了起來，正打算重整人手，突然一記冷槍打在了周傳希腳邊，這下子大家都定住了。只見那放冷槍的人舉著兩把手槍慢慢走出來，大聲喊話道：「兩位營長！你們辛苦了，不過可惜你們今天的作戰似乎失敗了！」

「好小子，你的同黨呢！」梁武大聲回話。

「沒有同黨，只有我一個！」白文韜慢慢走到距離他們十來步遠的地方，「冒充你們的士兵互相傳話挑撥、放冷槍、驚軍叫嚷、亂你們陣腳的，都是我一個人而已！」

「一個人?!」周傳希雙眼圓瞪，「豈有此理，哈哈，豈有此理啊！」說著就要撲過去想跟他拚個死活。

白文韜「碰」地一槍打在了周傳希腳尖前，堪堪把他的軍靴磨了個小洞，卻沒打傷腳。「周營長你且冷靜，我不是唐十一特意派來削各位臉面的，我跟你們一樣，都是被他擺布的人而已。」

「看來今晚不是一般的野戰訓練。」顧元楠從未捱過周傳希那麼重的拳頭，到現在還坐在地上喘氣，「你跟唐十一把我們當猴耍了半夜，總得給個理由！」

「不是死人那麼大的事，我怎麼會一個人單挑你們兩個精銳兵營那麼找死呢！」白文韜說到這，開始悲憤了起來，「我這輩子最愛的女人，被傅易遠的老婆劉淑芬拿簪子插了幾十下，生生流血過多死了！原因只是一個莫須有的『勾引家主』！死了劉淑芬也不放過她，還要毀了她的容貌，叫她做鬼，也是個面貌恐怖的惡鬼！

「我女人才十七歲，從小就被賣給唐家當丫鬟，一天好日子都沒有享受過。好不容易熬到了能結婚了，以後有老公養，有老公疼，不用在臘月天氣洗衣服洗得雙手全是傷，不用每天天沒亮就起床一直工作到三更天才睡下。

「好日子眼看就到了，那劉淑芬嫉妒她年輕貌美，就栽贓她勾引家主，被活生生地捅死了！那是女人的髮簪，不是大砍刀！要多毒的心腸，才能用髮簪把一個人捅死！如果是你們的女人遇到這種悲慘的事情，你們會怎麼說！」

「還說什麼，直接把她斃了！」梁武是個粗人，也不想想劉淑芬是他們前司令的老婆，便就著一股剛打過架的熱血吼道。

「對！我也想把她斃了！」白文韜往天上放了一槍，「就像這樣給她開個天窗！可是你們唐司令不許！你們唐司令說我這麼做就是送死！我這麼做，你們劉家五千人的士兵就會讓我橫死街頭！」

在場竟沒有人作聲，白文韜說得對，假如他殺了劉淑芬，劉家自然是要報仇的。新兵或許能陽奉陰違，但他們這些老兵，都是跟著劉家從奉天跑過來的，也跟了劉家好些年頭，劉家的殺女之仇，不報就不是人了……可是，劉淑芬的仇報了，那這個人的殺妻之仇，又該找誰報呢？

「你們唐司令是個好人，他怎麼都說服不了我，乾脆讓我來試試看一個人跟一大群人作對是什麼滋味。」白文韜突然上前了幾步，眼看那槍口就要對上兩位營長的頭了，卻又停住了腳步，「而我現在告訴你們，我不怕跟你們作對，一千，兩千，五千都沒所謂，如果我現在開槍，兩位營長就可以去為我女人送行了。」

「你以為殺了我們以後，這個山頭的兄弟會讓你活著下山嗎？」周傳希一點也不慌張，「你想為你女人討回公道，我們明白。但我們是士兵，是軍人，每個人上了戰場，就不會管你是不是背負血海深仇，我們的目標就是要殺了你，因為這是命令，命令就只能執行！」

「所以我沒有打算殺你們！」白文韜喝了一聲，「我是請兩位投降的。」

「什麼?!」梁武大笑起來，「打敗我們可以，要我們投降，沒門！」

「我們投降有什麼用？」周傳希卻不像梁武那樣不屑一顧，「我們投降，你就能取回公道不成？」

「沒錯，唐十一說過，如果我能在天亮之前打贏你們，他再也不管這件事。」白文韜又說，「你們現在是姓唐的，不是姓劉了，唐十一不下命令，你們就不用動作！」

周傳希轉過頭去看了看顧元楠，又看了看梁武，梁武也想找自己的副營長，但是高升早就不知道被打到哪個旮旯去了，他只好吐了一下帶血的口水，咒罵了幾聲。

周傳希慢慢站直身子，轉轉頭轉轉腰，「精兵營絕對不會投降的，但是我給你一個機會來打贏我，你贏了，就可以把我綁了去見唐司令。」

「……好。」白文韜把手上的槍扔掉了，又對梁武說，「你也一起來吧，省時間。」

「別太囂張了你！」

周傳希跟梁武在他扔掉手槍的那一刻同時往他撲了過去，白文韜急忙後退幾步，竟是自後腰又抽出了一把槍，「碰碰」兩槍便打穿了兩人的小腿！

「混蛋！」兩人抱著受傷的小腿跌坐在地上，周傳希咬牙切齒地瞪著白文韜，「不守信用！」

「是兵不厭詐。」白文韜竟然笑了，他在兩人身邊蹲下，「周傳希，唐家精兵營營長，廣州散打王，唯一一次輸，就是輸在卑鄙的白文韜手上，名聲並無影響。而我又得到了想要的勝利，一家便宜兩家著吧！」

「呸！你要周傳希輸，幹嘛連我也打了！」梁武不失時機地一起罵道。

「嘖嘖，梁營長，你第一營為了救精兵營而受傷，這話不是也很好聽嗎？」白文韜痞痞地笑著伸出兩隻手，「三家打和，日後白文韜自當上門謝罪。」

周傳希跟梁武互看一眼，哈哈大笑地握住了白文韜的手。

唐十一看見周傳希跟梁武被幾個兄弟抬著進辦公室時簡直驚訝得說不出話來，到兩人都說自己輸了、丟了司令的臉面時，這才回過神來說沒有的事，吩咐司機把他們送去醫院。

然而更讓唐十一驚訝的是，這兩人對白文韜非但沒有惡意，還在被抬走前說了些諸如「你小子給我等著」、「好了以後海揍你一頓」這種分明是好兄弟才會說的玩笑話。

「等等！」周傳希扒住門框，又轉過來跟唐十一說了一句話，「司令，我們以後都是姓唐的，除了你的話，我們誰的話都不聽。」

「嗯，我知道。」唐十一又是一愣，這賄賂不得了，竟叫傅易遠親手訓練出來的精兵營一夜間就願意姓唐了。白文韜送他這麼一份大厚禮，這回好像真的得還他一條命了。

劉忠送了兩位營長去醫院，唐十一留在軍校等他回頭來接。他把白文韜也留下了，倒了杯茶給他，譚副官送來了兩顆大饅頭，就退出去了。

唐十一請白文韜坐，「白先生，你總是讓我驚訝不已，你到底是何方神聖？」

「小桃沒有告訴你嗎？」白文韜腦子裡最緊繃的一條神經鬆弛了，這才覺得渾身的睏乏跟飢餓襲來，坐下來就抓起饅頭大口大口地咬。

「你倒是吃得挺寬心，就不怕我下毒嗎？」

「你要殺我，不會等到這個時候。」白文韜片刻就解決了一顆大饅頭，又灌了大半杯水下去，才有力氣回話，「十一爺，如果你煩惱的是劉家的軍隊，那現在他們都跟你姓了，你沒有什麼好擔心的了吧？」

「你這個瘋子，要死就自己死，幹嘛拖我墊背？」唐十一把一條腿擱在另一條腿上，「我不救劉淑芬，整個廣州都會說我無情無義，甚至說我是故意害死嫂嫂，好接管傅易遠的軍隊的。」

「這就是你要周旋的事情了，跟我無關。」白文韜拿起另一顆饅頭咬了一大口，「你要我跟一千人作對，我做到了，那你答應過我的事情，應該也是非做到不可的，對吧，十一爺？」

「白文韜，你真的是個瘋子。」唐十一站起來，走到門口，點了一根菸。層層煙霧繚繞，然後他的嘴角彎了起來，像朗月衝破了烏雲的遮掩，整張臉都漾開了好看的笑容的漣漪。

劉淑芬直到蒙頭的黑布袋被扯開，眼前對上黑洞洞的槍口，才終於明白自己被唐十一出賣了。她尖叫著想跑，但子彈已經穿過了她的身體，一發，兩發，到第三發的時候，她已經倒在地上，圓瞪著眼睛跟嘴巴，似乎有很多話想要說。

她大概是想說，那張招供詞是假的，是唐十一哄她說人證物證都在，她還是自首招認了比較好，到時候他會安排一個替身代替她上刑場，她可以用另外的身分回南京或者重慶，他過些日子就會接她回來。

但是再也沒有人聽得見她心中的冤屈了。

傅易遠中毒成廢人，在醫院遭人打空針殺害；劉淑芬殺人伏法；原來傅易遠手下的精兵營跟第一營營長中槍入院；唐十一全面接手唐家基業。廣州一夜變天，各大報紙把這風雲變色的七十二小時編得賽過任何一本唐宋傳奇小說，要陰謀有陰謀要豔情有豔情，對唐十一這個二世祖更是首次出現了「扮豬吃老虎」這樣的評價。幾個大家族把整件事看在眼裡，表面上都對唐十一客客氣氣，但心中所想就不得而知了。

不過那都是他們有錢人家的事情了，白文韜知道劉淑芬伏法以後，就捲了那份報紙，帶上白花跟紙錢，還有小桃最喜歡吃的霜淇淋，去給小桃掃墓了。

唐十一對小桃還算不錯，為她選了個山明水秀的地方作最後的歸宿，但任憑那天再藍水再清，看在白文韜眼中都是愁雲慘霧的。他放下拜祭的東西，就跪在小桃墳前默默地流眼淚。

之前被冤屈無法申訴的悲憤充盈了心胸，白文韜倒是沒有哭，待到此時凶手伏法了，才覺得心如刀割了起來。是啊，凶手伏法了，可是，那又如何呢？小桃能回來嗎？到了地府能有面目見小桃了？別傻了，人死了就死了，哪裡有什麼陰曹地府，那不過都是用來安慰在世之人的說辭罷了。

白文韜一樣樣地把能安慰自己的藉口都推翻了，最後抬起袖子來擦了擦臉，哽咽著掏出手帕來替小桃的墓碑擦灰塵，一邊擦一邊低聲呢喃道：「我知道妳愛乾淨，沒關係，我以後每個星期都來幫妳清潔清潔。妳喜歡花，我每次都帶不同的花給妳。妳說下次我帶百合花好呢，還是康乃馨好？」

白文韜自言自語著，幾個穿著黑色長褂的人拿著些拜祭用品從遠處走過來。本來白文韜以為他們也是來拜祭的，但忽然想起唐十一跟他說過，這個高級公墓小桃是第一個入葬在此的華人，那這幾個中國人是來拜祭誰？

警覺甫生，那幾個人已經來到白文韜身後，他悄悄捉了一把香灰在手上，突然一個回身往那些人臉上撒去。

「碰碰」兩槍就這樣打歪了，白文韜一腳掃倒一個，搶過他的槍，一邊逃出去一邊回擊。才跑出公墓門口，只見又來了十多個穿黑衣黑褲的人，舉著刀子就往他衝來。白文韜打光了子彈，使勁把槍砸到一個人腦門上就拔腿逃跑了起來。

那群人不用想都知道是劉家雇來殺他的，白文韜也猜到了，當下就打算往警察局跑。可剛拐彎，到警察局的必經之路又殺出了五六個殺手，逼得他往另外的方向跑了，又有幾下槍聲響起，嚇得他專揀人群跑，又推倒了路邊的小攤去阻他們。如此逃到了珠江邊，一望過去都是直路，途人也早就躲了個清光，白文韜跑了幾十米，迎頭又來了一群殺手來包抄。

前無去路後有追兵，白文韜一面兩邊警惕著他們的手槍，一面就往珠江邊靠。實在不行，他就跳江好了。

心裡做好了準備，白文韜就要找時機跳水，卻不想一輛轎車高鳴著喇叭直接衝到了兩群殺手中間，一下急煞「吱」一聲在白文韜腳尖前停了下來。眾人皆錯愕了一瞬，在這個當口，只見唐十一就拿著手帕擦著手，從後座鑽了出來。他把那幾十個殺手都當了空氣，直接就走到白文韜跟前，笑著對他說：「白先生，不是說好了六點才開席嗎？你來早了呢。」

「啥？」

白文韜還在發愣，唐十一就已經挽了他的手臂把他帶進轎車去，「那正好，我們坐車去，還省事。」他硬是把白文韜塞進了車子裡，然後才正眼看了看四周的殺手，「告訴你們老闆，白先生是我的貴賓，天大的事情，沒問過我唐十一都不能算數，明白了嗎？」

唐十一這名字如雷貫耳，那群被劉家臨時雇傭的殺手一時就慫了。唐十一不屑地撇了下嘴角，也上了車，車子就一路往愛群酒店開去了。

被追殺了一路的白文韜待車子開出了好遠才終於回過了神，他擦擦汗吞吞口水，對唐十一拱了拱手，「十一爺，謝謝你。」

「剛才追殺你的如果不是一般的地痞流氓而是周傳希他們，你熬不到我來救你。」

唐十一瞥了他一眼，「怎麼，現在後悔指證劉淑芬了嗎？」

「不這麼做我就真的後悔了。」白文韜搖搖頭，往窗外看了看，拍拍司機劉忠的座位對他說：「到南區警察局放下我就可以了。」

「劉忠，去愛群酒店。」唐十一按住白文韜的肩膀讓他坐好，「不是說了嗎？我請你吃飯。」

「無功不受祿，十一爺這麼客氣是為什麼？」白文韜往一旁挪了挪。

「這一頓你一定得吃的。」唐十一也朝反方向挪了挪，「今天小桃頭七，這解穢酒你不來，我都不知道該跟誰吃了。」

白文韜一時失了言語，一邊覺得自己小人之心冤枉了唐十一，一邊也為解穢酒三個字而感傷。酒喝了，飯吃了，就真的能讓塵歸塵土歸土，過往的事情都作罷了嗎？他嘆了口氣，把手插進西裝口袋裡，摸出了小桃的銀項鍊，「我今天打算把它埋了陪小桃的。」

唐十一看了一眼，那銀鍊子多半只是鍍銀的，手工也平平，不過，對於白文韜這個雜差來說，應該已經算是奢侈品了，「你還記得我說過，我不信有陰曹地府嗎？」

「其實我也不信的。」白文韜笑笑，「只是，這麼想會讓自己安慰一些。」

「這鍊子，賣給我作個紀念吧。」唐十一說著就想摸錢夾子，但轉念一想，還是收起了，「你別誤會，我不是施捨你。」

「無論你是不是施捨，都是一番心意，我明白的。」白文韜說著，往他攤開了手掌，「你是不是有個懷錶？」

「嗯。」

唐十一把那古銅色的懷錶放到他手心上，白文韜就把銀鍊子穿了上去，「還挺相配的嘛。」

「謝謝你。」唐十一把本來的錶鍊子拆下來，把尾指上的一只金尾戒摘下來穿上，「一物換一物，我不會欠別人人情的。」

「那我卻之不恭了。」白文韜對唐十一這股子江湖氣還挺受用的，便收下了。

兩人到了飯店，唐十一早就包下了一個大房，這次他的保鏢就不只劉忠一個了。四個大漢，還都是配槍的，一排站在門外，絕對沒有人敢貿然騷擾。

偌大的房間，一大張圓桌，卻只有唐十一跟白文韜兩個。兩人都不說話，看著菜一碟碟地上，直到擺滿了整張桌子，唐十一才拿起筷子來，夾了一塊芋頭到白文韜碗裡，「吃吧，這麼多菜，不要浪費了。」

「嗯，吃飯，吃飯。」白文韜往日刁鑽的口才都不見了，只能低著頭猛吃菜。

唐十一也是同樣，每道菜都動一下，九個素菜都吃過了，算是走完了整個儀式，他才放下碗筷，開了一支白酒，給白文韜斟了一杯，「來，白先生，我們喝酒。」

「嗯，喝酒、喝酒。」白文韜端起酒杯仰頭就喝光了，唐十一本想叫他慢點喝，但又想白文韜大概就是想把自己喝醉，那就由得他吧，便什麼都沒說，只是給他滿上。

白文韜喝了兩杯，那沉鬱壓抑的模樣才總算鬆開了一點點，他看著唐十一說：「十一爺，你知道嗎？就算是跟我約會的時候，小桃也總是一口一個我家老爺如何如何的，我還因此吃過醋跟她吵過架。可是現在我服了，你是個真爺們，我白文韜很少佩服人的，你算一個。」

「白先生，你記得我們第一次見面的情況嗎？」唐十一也端起酒杯喝了半杯。

「記得，我妨礙了你們遊玩，還很囂張地寫了首歪詩。」白文韜兩頰泛紅，笑得很憨，「讓你見笑了。」

「那天是你第一次見我，卻不是我第一次見你。」唐十一端著酒杯卻是喝不下去，「我第一次見你，是在我家門外，你正在跟小桃說話。那時候我就在想，這個人到底有什麼好的，值得小桃為了他頂撞我這個老爺？」

「她為了我頂撞你？」白文韜一愣，他以為在小桃心裡她家老爺就是神仙，從來不會錯，聽到她為自己而頂撞唐十一，他愣了一下。

「嗯，我就說你看起來就不怎麼樣，像個爛仔，她就急了，跟我說了一堆你對她很好，很疼她很關心她，還很勤奮上進之類的話。」唐十一說著自己都笑了，就著這笑容才把那半杯酒喝了下去，這回換白文韜給他滿上了，「所以在越秀公園看見你的時候，我就特別生氣，就想看看你到底有什麼本事。結果你也真的挺有本事的，讓我不得不服氣了……」話到這裡突然斷了，唐十一低下頭去喝酒，把「就打算放心讓她嫁人了」吞了回去。

「那天她沒有來，我很擔心她，就去找她了……」但是白文韜的眼淚卻是忍不住了，他握著酒杯，把杯子擱在嘴唇邊，卻是哭得喝不下嘴了，「那是我最後、最後一次、見她了……」

唐十一也咬住了杯口，他比白文韜要好些，只有淚光在眼睛裡閃。是啊，他知道那死的不是小桃，但是他也知道，親手抹殺了小桃一輩子幸福的人，就是他自己。他有那麼一剎那想對白文韜懺悔，可話到嘴邊，也只能是一句「對不起」。

「十一爺你不用說對不起，你已經很對得起她了……真的……」白文韜使勁抽了一下鼻子擦了一把眼淚，又拚了一杯白酒，「我知道，你要說我也沒有對不起她，嗯，我知道、我知道的！可是我還是很傷心！我還是很想、很想她啊……哎，你看我、你看我多沒用，又哭了，哈哈，真難看，真難看！」

「哪裡難看了，流淚未必不丈夫，而你白文韜，就算哭成孟姜女了，唐十一也當你是個爺們！」唐十一站了起來，拿了兩瓶茅臺，塞了一瓶到白文韜手裡，「來，我們喝酒！不說那喪氣話了！痛痛快快地喝完這遭，我唐十一交你白文韜這個朋友！」

「好！我白文韜也交你唐十一作朋友！」白文韜也跟著站了起來，兩人拔了瓶塞，對撞一下酒瓶，就頭一仰一口悶了。但唐十一終究是喝紅酒得多，半瓶下去就燒得不行了，嗆了一下就咳嗽起來，還噴了不少酒出來。他看見白文韜彎著眼角笑他，便用力推了他一把，害他那一口也斷了，兩人看著對方哈哈大笑了一陣，又繼續拚了剩下的半瓶。本來唐十一只準備了四瓶酒，這下就全沒了，於是他又叫經理拿了兩瓶來，但是待他叫過經理以後，轉頭一看，白文韜趴在桌子上，滿面通紅的，垂著眼睛昏昏欲睡了。

「喂，你這就不行了？」唐十一坐在他旁邊搖了搖他，白文韜順勢就靠在他肩膀上，「咿咿呀呀」地不知道在說什麼醉話。「嗯？你說什麼？」

「我很傻，我是瘋子，我知道……」白文韜扒住唐十一的肩膀靠在他耳邊說，「可是我就是覺得，我覺得小桃還沒有死，那個不是小桃，怎麼會是小桃呢？那個人怎麼會是我的小桃呢？十一爺，你說我是不是瘋了，我是不是思憶成疾了啊？」

唐十一雖然有七分醉，但醒著的那三分還是把祕密守得嚴嚴實實的，「你真的太想她了……值了，小桃有你這個沒來得及嫁的丈夫，也值了！」

「是吧，我就說，我真的是想到生病了啊……」白文韜似乎很滿意這個肯定，他笑了，同時身體也軟了下去，就挨在唐十一身上，醉醺醺地睡過去了。

「哎，這就醉了，還有兩瓶呢！喂！白文韜！」唐十一捉著他肩膀搖了兩下，後者只是爛泥一樣癱軟著，「唉，真沒用！」說著，他自己也往前一歪，撲通一下，兩人一起摔到地上睡了過去。

也不知道他們到底睡了多久，反正是酒店要關門打烊，所以來詢問他們什麼時候離開的鐘點。劉忠來敲門，這才發現裡頭兩人都睡死了。他哭笑不得，只能叫保鏢兩人抬一個，把兩位爺都抬回唐家去了。

白文韜一直醉到了第二天早上十點多，而且還是叫頭痛給痛醒的。他揉著快要裂開的頭，撐著身體坐了起來，卻發現身下那是從來沒睡過的西洋彈簧床，身上穿著的也是乾淨柔軟的棉布睡衣。他疑惑地張望了一下這個西式房間，才慢慢回想起昨天自己跟唐十一喝酒喝醉了，那這裡應該也是唐公館了。

有錢人就是不一樣啊，連個床都是軟綿綿的，比木板床舒服多了。白文韜可不客氣，馬上就往後一倒把自己摔回床上去，那力氣反彈得他都被拋起來了一些。他越發覺得好玩，不禁又鯉魚打挺了幾下，把床給擠得「嘰嘰呀呀」作響。

大概是聽見了裡頭的動靜，有人在外頭敲門問道，「白先生，請問你起來了嗎？」

白文韜這才規矩了，坐好了，把被子拍拍整齊，才回應道：「嗯，醒了。」

「請問能進來嗎？」

「請進請進！」

門開了，走進來一個中年發福的男人，他手裡捧著一套乾淨的西裝，對白文韜恭敬地自我介紹道：「白先生你好，我是唐家的管家，大家都叫我權叔。你的衣服還沒乾，所以老爺請你暫時先穿他的衣服。不是新衣服了，請你不要見怪。」

「我怎麼可能見怪呢！」白文韜還真不習慣被人這麼服侍，連忙爬起來接過衣服。這是套深灰色的西裝，說是舊衣服，可他真看不出來哪裡舊了，「我還怕弄髒了呢。」

權叔笑了，把他帶到客房附帶的浴室去，「請白先生先行梳洗，我去通知老爺。」

「十一爺醒來很久了嗎？」白文韜明明記得他跟自己醉得是半斤八兩。

「我們家老爺有個毛病，每天早上九點還不吃東西的話就會胃痛，所以這麼多年從來沒有試過睡懶覺呢。」權叔說這話時明顯帶著心疼的語氣。

「那他還挺可憐的……」連唐家這樣的家世也治不好，雖然也不是什麼要命的大病，不過還是感覺挺不方便的。白文韜心想莫非這就是所謂的富貴病，但也沒有問出口，權叔鞠個躬便退出去了，他就快手快腳地洗漱了起來。

唐十一的衣服穿在白文韜身上卻是意外合身。所謂人靠衣裝，白文韜這麼一打扮，不認識他的人肯定會以為他是上流社會的少爺公子。他對著鏡子轉了兩圈，不禁有些得意了起來，嘿，沒想到自己也有幾分氣質呢。

梳洗好了，他就自己走出來，從二樓往下看，剛好看見唐十一翹著腿在看報紙，他便快步走到他跟前去，「十一爺，早上好。」

唐十一從報紙裡一抬頭，明顯地愣了一下，大概他也沒想到自己的衣服會像給白文韜量身訂做一般的合身吧？發覺自己失禮了以後，他輕輕咳了兩下來掩飾，笑著請他坐，「白先生早啊，我猜想你吃不習慣西式早餐，吩咐他們做了饅頭麵條，還合你胃口吧？」

「我吃什麼都習慣，不挑的。」白文韜連忙點頭，穿著一身上好的衣服，他倒是坐立不安了起來，「還麻煩十一爺費心了，我真是受寵若驚。」

看著他一副窘迫的樣子，唐十一忍不住掩著嘴笑了，「白先生你這是怎麼了？當真吃人的嘴軟，拿人的手短了？」

「哈啊？」白文韜皺著眉頭問道，「什麼意思？」

唐十一放下報紙，坐直了身子，拿住了嗓子用頗為粗豪的腔調說道，「面前站個爛仔你就寫不出詩來，要是面前站個正經人家，那你豈不是連站都站不住了？」

「哎，我哪有這麼囂張！」白文韜連忙抗議。

「你就是這麼囂張！」

唐十一也馬上駁回了他的反對，兩人相視一眼，都大笑了起來。白文韜抓起一顆饅頭咬了一口，才試探地問道：「十一爺，你這樣攬了我，不怕劉家找你麻煩嗎？」

「你不是已經幫我把劉家的軍隊都改姓了嗎？我怕他什麼？」唐十一彎了下嘴角，不知道是笑意還是鄙夷，「對了，周傳希跟梁武整天在醫院嚷嚷叫你過去受死，你什麼時候時候過去送死啊？」

「誒，你放心，我去送死的時候一定通知你幫我準備一副上好棺木，跟小桃葬一塊。」白文韜指了指唐十一門面，笑得頗為燦爛。

白文韜這麼肆無忌憚地開著玩笑，唐十一的臉色倒是凝重了些，「白先生，你幫忙我一件事好嗎？」

「嗯？」

「以後，輕易別說『死』這個字，開玩笑也不行。」唐十一看著白文韜的眼睛道。

唐十一那清澄透亮的眼神讓白文韜差點以為他是含著眼淚說這話的，情深義重得讓白文韜不禁扳直了身體正襟危坐起來，「嗯，我可以答應這件事，不過，你也得幫忙我一件事。」

「好，我答應你。」

「……你不先聽我講是什麼事？」

「反正白先生不會提什麼讓十一難做的要求的。」唐十一嘴角的弧度加深，這回是非常肯定的笑容了，「這點自信十一還是有的。」

白文韜「噗哧」一下笑出聲，笑得肩膀都一抽一抽的。唐十一不解他為何笑得這麼誇張，便皺起眉頭盯著他。白文韜好一會才笑完，他揉著眼角的淚水說：「我這個忙啊，就是讓你，以後都別叫我白先生了！」

「……白文韜！」

兩人吃過早餐，白文韜便要告辭了，唐十一問他是否回警察局，他說不是，今天他放假，先回南區的員警宿舍。唐十一便站了起來，不由分說就把他拉到自家轎車裡，「我送你回去。」

「十一爺，真的不用了。」白文韜知道他是好意，卻也不願意再接受了，「你總不能一輩子當我保鏢。他們真的要來，我也不是任人宰割的慫貨，我會有辦法的。」

「你沒有辦法的。」唐十一把他按在座位上，湊過去拉直了一下他的衣領，斜挑著眼尾，用可以說是傲慢的眼神瞥了他一眼，「昨天他們看到你被我請去飲宴，還會在想只是為小桃的最後一點顏面。今天我再送你回去，他們才會知道我是真的把你當朋友，你才真的安全了。」

「……」白文韜皺著眉頭看他，兩人的距離有點近，唐十一淡淡的古龍水香味飄了過來。他張了張嘴，卻沒有問出心中的問題：為什麼這樣他們就會知道我是你的朋友？

「自從我父親去世了以後，從來沒有外人在唐家過夜，你是第一個。」唐十一淡淡地回覆了一句，就跟白文韜拉開了距離，「劉忠，去南區員警宿舍。」

「是，老爺。」劉忠明明從後視鏡裡看見了兩人狀態曖昧的情境，卻還是像沒事人一樣自在。

於是白文韜暗裡跟自己說，真是鄉下人，大驚小怪，外國禮儀還有親臉頰以示友好的呢，白文韜，你別自己想多了。

此時，唐十一打開了車窗，窗外的空氣湧進來，那本就淡薄的古龍水香氣，便一點都聞不到了。

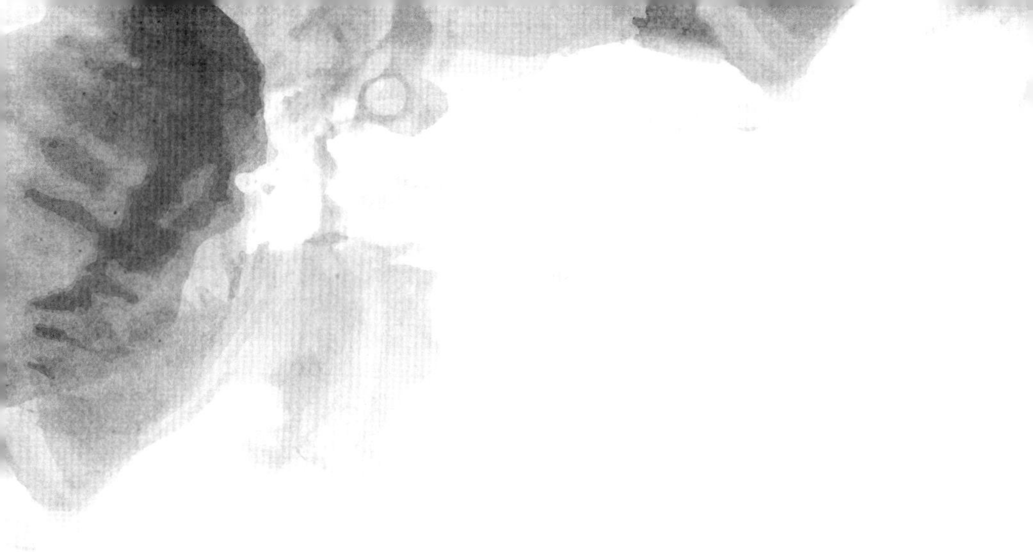

第四章

唐十一攬白文韜的事情就像往劉源祥臉上打了一個巴掌，除了憤怒，更是意外。他雖然把兵符給了唐十一，但他本就認定唐十一就算手握兵符也絕對使不動他的軍隊，盤算著等女兒救出來了，就揪著唐十一連傳易遠的遺孀都照顧不好的事由，逼他把早就移交唐家的軍隊重新交回給他。劉源祥如今站穩了腳，只要把軍隊拿回來，絕對能叫廣州那幾大家族都噤聲俯首的。

他怎麼都想不通，唐十一怎麼就一夜之間把周傳希跟梁武兩個人都收服了呢？他火燒火燎地去醫院看他們，試探他們的口風，問是不是唐十一開槍打傷他們逼迫他們妥協。然而兩人竟然異口同聲說沒有這回事，他們是在模擬戰中負傷的，「唐司令沒有對我們動過一絲拳腳。」

「唐司令」這個詞讓劉源祥覺得分外硌耳。

「譚副官，你告訴我，唐十一那個小子到底用了什麼方法把他們撂倒的？」出了病房，劉源祥拽了譚副官到走廊一側質問。

「他沒有用什麼方法，那天晚上他只是讓他們進行了一次對抗賽，比賽捉一個人，結果那個人贏了，兩位營長輸了。至於為什麼兩位營長突然就對唐十一服從了，我不知道。」譚副官依舊是那麼面無表情地回答。

「你聽著，給我盯著唐十一，留意他到底捉住了周傳希跟梁武什麼把柄。我一定要把這隊兵搶回來。叫我劉源祥對一個黃毛小子服軟，我無論如何都做不到！」劉源祥咬牙切齒地說著，見譚副官沒有反應，便用力拍了一下他的頭，「聽見沒有！」

「是，聽見了。」劉源祥大概真的上火了，這一下打得譚副官的帽子也掉在了地上，他彎腰去撿帽子，「我不知道為什麼兩位營長會服氣唐十一，不過我知道另一件事。」

「什麼……」劉源祥的眼睛驀地瞪大了，他難以置信地把突然上前摟住他肩膀的譚副官推開，胸口上插著的匕首也隨之被猛力拔出，他連慘叫聲都發不出來就倒在了地上。

「我對唐十一服氣，是因為你的時代已經結束了。」譚副官把匕首塞進劉源祥的手裡，也不知道他到底有沒有來得及聽這最後一句話，「唐司令說他會侍奉劉夫人終老，你安心上路吧。」

當天下午，廣州的大小報紙就已經把「劉源祥憶女成疾醫院自殺」的新聞用最大的篇幅繪聲繪色地報導了出來，而唐十一在傍晚五點的時候，代替傷心過度的劉夫人到警察局去辦理手續。雖然他只是一個人進來，保鏢都留在門外，但局長梁偉邦還是馬上就趕來迎接他了，「十一爺您來得真快，其實手續不用這麼急忙辦理的，明天早上也不晚……」

「劉夫人想早日把老先生接回來，所以只好麻煩你們的手足為我的家事加加班了。」唐十一也沒有什麼架子，就在大廳上站著，對白文韜笑了笑，「等事情處理好了，我請各位手足吃一頓好的。」

「十一爺客氣了，人民警察為人民啊，哪裡有這麼早下班的！」梁偉邦朝白文韜的上司，也就是刑偵隊的隊長李國強使喚道，「你！木頭似地站著幹嘛，快去把相關檔案準備好啊！」

「我？哦，是、是！」

李國強忙不迭地在檔案櫃裡翻找，此時，就聽見唐十一開腔了：「你們不用招呼我了，各自忙吧，讓白文韜幫我辦手續就好。」

「那是，文韜做事最細心了。阿強你別搗亂了，讓文韜來吧！」梁偉邦馬上改口，走過去拍了拍皺著眉頭若有所思的白文韜，「文韜，我招呼十一爺到口供房先坐著，你把所有的文件都準備好了，再拿來給十一爺，知道不？」

「哦，我知道了。」白文韜點點頭，梁偉邦便將唐十一請到口供房裡。

白文韜把一疊表格理理整齊就往口供房走，李國強走過來使勁往他肩上撞了一下，他手上的檔案頓時散了一地，「不錯啊，攀上了高枝呢！」

白文韜本來已經攢夠了錢來買隊長的位置，只是因為小桃的事情讓他鬥志全失，千金買醉了，所以現在他還是個雜差，便打算忍一忍這口氣，「強哥，我做事而已，沒什麼高枝低枝的，還是會聽你的話的。」

「最好是這樣，要不出了什麼事，我這個隊長也不好交代。」李國強說著，又拿鞋底碾了兩下地上的表格，才掛了警棍離開警察局。

「文韜，別理他。」細榮過來幫他撿。

「又不是沒聽過狗吠，有什麼大不了的？」白文韜笑笑，換了一疊乾淨的文件，就去口供房了。

沒想到口供房裡只有唐十一一個，白文韜奇怪地問：「梁局長呢？」

「我說有點餓，他去替我買吃的了。」唐十一眨眨眼睛，顯得特別無辜，「我說我吃不下那些粗糧，一定要吃美心酒樓的西餅點心才行。」

白文韜失笑，拉過椅子坐下，「你就想遣走他而已，不用這麼狠吧？」

「不狠一點他哪裡肯走？」唐十一也笑了，接過白文韜手上的文件，一張張慢慢填了起來，他寫鋼筆字比寫毛筆字舒暢多了。

白文韜就看著他填，有需要留意的地方就提醒他一下。唐十一填好一張就給他一張，一時間，口供房裡只有唐十一「刷刷」的寫字聲。

白文韜在第二張表格填好以後，終於忍不住開口問道：「劉先生……真是可憐呢，對吧？」

「嗯，是啊，就這麼一個女兒，結果女婿女兒都死了，多可憐。」唐十一抬眼看了他一眼。

「呃……」白文韜舌頭打了一下結，對呢，他也算是劉源祥的殺女仇人，「十一爺，我覺得，他就算活著，也不會對你有多大影響的……對吧?」

唐十一似乎對白文韜說的話感到一點不滿，他放下筆，坐直身子來，雙手放在了膝蓋上，一直頗為友好的語氣也硬直了一些，「嗯，應該是對我沒什麼影響的，不過十一做事，總是想求個穩當的。」

聽他這一句，白文韜心中便已明瞭，也不再追問了，他點了點一個表格說道：「嗯，這裡，把這一行話抄一遍然後簽名就可以了。」

「白先生，」唐十一卻還是那副語氣，「那你現在還覺得我是個值得交陪的朋友嗎?」

「如果你不叫我白先生的話，就還是值得的。」白文韜聳聳肩，「我做事，只求個明白。」

「看來我跟白先生還是有點道不同啊，不過，我還是覺得能夠求同存異的。」唐十一笑笑，又低下頭去填寫表格。沒多久，他把手續辦完了，白文韜送他出去，他也沒有表現出格外的友好，平常地道了謝，就上車走了。

白文韜直到看不見唐十一的車子了，才靠到警察局的外牆上，把那一口悶氣吐了出來。

他相信唐十一不是一個濫殺無辜的人，他要除去誰，必定有他非要如此為之的道理。但是，從來沒有領教過那個世界的生存法則的白文韜，還是無法理解這種「為了保險起見還是殺了吧」的做法。

大概，他們的確是不同道的。

「文韜，怎麼在這裡發呆？」手足們下班時看見白文韜靠著牆發呆，便推了推他，「我們見你送唐十一出來就沒回去了，以為你跟他去吃飯了呢！」

「啥？」白文韜這才回過神來，「你們說什麼？」

「嘿，現在廣州誰不知道唐十一爺跟你是好朋友嘛！」大鵬擠眉弄眼地推搡了白文韜幾下，「說好了，將來你當了隊長的話可不能學那李國強對咱們耍威風啊！」

「一個隊長怎麼稱得起十一爺的好朋友，按我說，一定是局長！」細榮也跟著起哄。

可細榮話音未落，就被白文韜揪著衣領一肘子壓在了牆上，「我警告你們，不要再把我跟唐十一是好朋友這句話到處講，要不有什麼事情發生，神仙都保不了你！」

「咳咳！文韜，透不過氣了……」細榮被他這一壓，脖子都快扁了，白文韜鬆了手，他捏著脖子咳嗽了起來，其他手足則滿臉錯愕地呆站在原地。

白文韜看了看大家，放軟了口氣道：「反正，你們記住，我真的不是攀上了什麼高枝。你們知道的，我的未來老婆小桃就是唐家的傭人，唐十一不過是看在這個情分上賣我個人情。如今劉源祥都死了，他真的跟我沒什麼關係了，你們千萬不要以為我有什麼靠山了就亂講話，要不真的會害死我的。」

眾人面面相覷，心想難怪剛才唐十一指定白文韜招呼他了，想必是在口供房威脅他不要亂依仗自己。唉，也對，他們這種上等人家，又怎麼會跟他們交朋友呢？

於是大家便說了幾句笑話打圓場，一起去大排檔吃飯，把這件事當做從來沒發生過了。

而打那之後，唐十一也沒有再去找白文韜了。他一邊接手傅易遠的軍隊，一邊把各大家族的賬目理順，有條有理地把各家的爛帳壞賬都收整了起來，讓他們無話可說。那些看著唐十一長大的叔伯兄弟都跌破了眼睛，以為上來的是隻小綿羊，不想是隻披著羊皮的狼。唐十一也會做人，賬目他心裡有數，但也做足了人情債，比如鄭家可以先還三成，羅家可以用產業抵押，反正他白臉也唱，黑臉也唱，整個廣州城都成了十一爺手上的一臺戲，只看他哪天高興演什麼了。

可最近，唐十一似乎沒有心思去擺弄這臺戲了，他天天聽著電臺，留意報紙，眉頭皺得格外緊。日本人越打越瘋了，指不定哪天就會打到廣州來。原來劉源祥的軍隊就是從奉天吃了敗仗躲到廣州來的，這兩年又在廣州吃好喝足的，真的能打嗎？

唉，不管了，能打要打，不能打也還是要打的，唐十一可不想唐家的門楣被鬼子給剃了。

而事態也真的朝著唐十一擔心的方向走了，端午節的龍舟會上，唐十一發現那嘉賓席上已經多了一個牌子，上面寫著「山本裕介大佐」了。

唐十一冷冷地坐在嘉賓席上聽主持人介紹這位剛剛上任的山本大佐，覺得龍舟大會真沒意思，便想要走。卻不想山本裕介先一步攔住了他，說久仰唐家在廣州的地位，想請唐十一吃一頓飯。

唐十一心中冷笑，跟你吃完這頓飯，這頂漢奸的帽子豈不是從頭蓋到腳了？便推諉說不舒服，改日再約。

沒想到粽子都沒來得及蒸熟，第二天山本裕介竟然踩上了唐家的大門，唐十一故意把他丟在客廳，讓權叔告訴他自己吃了安眠藥睡了叫不醒。沒想到山本裕介卻一屁股坐在沙發裡不動了，說那他就等到唐十一醒來為止。

如果唐十一手上不是有軍隊，想必山本裕介不會對他那麼客氣。程一諾昨日垂頭喪氣地跟他說，日本人硬逼他把現有的金條都換了那所謂的皇軍軍票，儲戶看著銀行沒錢拿，幾乎把他從家裡拖出來打了。唐十一早就從譚副官口中得知日本人的德性，所以預先把唐家的家產都轉移到英國銀行去了。他安慰了程一諾幾句，就到廣州商會去打聽，果不其然，商會也受到了日本人的威逼，被迫接受軍票的買賣。唐十一便讓程一諾告訴儲戶，軍票也一樣能買東西，暫時阻止了滯提的局面。

但這個舉動，無疑就是告訴了日本人，廣州是唐家在當家。槍打出頭鳥，唐十一想今天這一槍是怎麼都躲不過了，乾脆就整理好衣裝，正式會一會這個山本裕介。

沒想到山本裕介見面第一句話卻是：「周傳希還活著沒有？」

唐十一很快地皺了一下眉頭又鬆開了，「託福，周營長好得很，每天能跑好幾座山頭。」

「那太好了，我跟他算是老朋友了，奉天的時候沒分出勝負他就跟著劉司令跑了。這次在廣州重遇，果然是緣分。」山本裕介一言一行無不帶著日本軍人那盲目自信到驕傲的味道，明明說著蹩腳的廣州話，卻仍然自覺無比上等，「改天我希望跟他再比試一場，唐先生不會介意吧？」

「切磋切磋的話是沒有關係的，但如果是私鬥的話，就嚴重影響軍隊紀律了。譚副官，你說是吧？」

唐十一剛說完，譚副官就平靜地回答道：「是的，周營長曾經在奉天與日本人私鬥，打死了五個日本人，造成負面影響。」

山本裕介臉色漲紅，隱隱生起了怒意，但他壓抑住了，無視了譚副官，還是看著唐十一說話，「唐先生，跟周營長敘舊的事情以後再聊，今天我來的目的，是希望你擔任廣州商會的主席，承擔起皇軍和廣州人民的親善橋樑，實現大東亞共榮圈的偉大理想……」

「山本先生，我想我沒有能力擔此重任。」唐十一才不想聽他鬼扯，笑著揮了揮手，權叔就把紅酒端了上來。他拿起一個酒杯來仔細搖晃了一下，瞇著眼睛嗅了嗅酒香，慢慢呷了一口才接著說：「我只是個不學無術終日玩樂的敗家子，讓我去跳跳舞喝喝酒還可以，讓我當商會主席，那是絕對不行的。」

「唐先生謙虛了，廣州人哪個聽到你的名字不尊敬三分，這個位置，除了你沒有人能夠勝任。」山本裕介也拿起酒杯，一口氣喝光了紅酒，就接著說話，「還是說你看不起我們大日本皇軍，覺得我們不配跟你合作？」說著，跟在山本裕介身後的幾個憲兵就「喀嚓」一聲擺弄了一下刺刀。

「誒，山本先生多慮了，我怎麼會這麼想呢？可是我本來也有自己的家業要打理，現在你又把其他的商家塞給我管，我總得考慮考慮。」

「唐先生你要考慮多少天？」

唐十一放下酒杯，豎起一個手指頭。

「一天？」

「一個月。」

「太久了！」山本裕介憤然一拍桌面，「三天時間，我要聽到最後答覆！」

「山本先生，你是在跟我商量合作，還是逼我就範？」唐十一也猛地瞪了他一眼，「如果是後者，那我現在就答覆你，我不幹！你另請高明吧！」

山本裕介見唐十一態度強硬，強壓下了脾氣道：「唐老爺，我們當然是想跟你合作的，但是一個月的時間實在太長了，對我們很不利的。」

「十五天，我已經給你打了個五折，再談下去就傷和氣了。」唐十一搖搖頭，這時，門鈴響了，權叔跑去開門，回來對唐十一說是英國領事來接他。

「道森先生來接唐老爺？」山本裕介吃了一驚。

「今晚是艾蜜莉小姐的十八歲生日，道森先生開了個小小的舞會慶祝慶祝，我是艾蜜莉小姐的學長，當然要去捧場了。」唐十一笑笑，「山本先生要不要一起去湊個熱鬧？」

「我稍後會到道森先生家裡拜訪，現在先告辭了。」山本裕介起身告辭，臉色陰沉下來。如果唐十一只是討好道森先生的商人還好辦，但如果唐十一成了英國人的女婿，這枚釘子再軟也是拔不得的了。總之，今晚先去觀察一下唐十一到底是什麼地位再說。

「權叔，送客。」唐十一卻是坐著，沒有一點要送山本裕介出門的意思。

山本裕介忿忿轉身，走了兩步忽然回轉頭來說：「我聽說唐老爺有一批貨正從廣西運過來，現在時局混亂，唐老爺要小心了。」

「多謝山本先生關心，我會的。」唐十一還是一動也不動地坐在沙發上。

「那當然是最好的了，唐老爺，希望你儘快給我一個滿意的答覆。」山本裕介皮笑肉不笑地扯扯嘴角，大步離開了唐宅。

百樂門今晚的聲色繁華跟以往略有不同，歌舞不再是煙視媚行的撩人藍調，換成了梵婀玲[5]的悠揚激越，舞廳裡的有錢老爺們也不再只盯著漂亮的歌女舞女看了。

「爹地，為什麼 Evan 還沒有來？」Evan 是唐十一的英文名，英國領事威廉·道森的女兒艾蜜莉一直在張望她朝思暮想的學長。

唐十一在英國念書的時候其實頗為低調，偶爾也會被一些自詡貴公子的英國紳士語帶譏諷地排斥，但偏偏他越是大事化小小事化了，英國姑娘們就越是覺得他儒雅憂鬱。比唐十一少兩屆的艾蜜莉更是從入學開始就追著唐十一跑，唐十一回國了她也跟著跑到了中國來，實在是痴心一片得讓唐十一自己也受寵若驚。

5　小提琴（violin）的早期譯法。

「別擔心，我已經派車去接他，應該快到了，妳先去跟別人聊聊天吧。」

「那……好吧。」艾蜜莉無奈地扁扁嘴，就跑到一邊去喝果汁了。

其實在艾蜜莉抱怨的時候，唐十一已經到百樂門門口了。今晚很多達官貴人在場，警察局局長梁偉邦也是參加舞會的賓客之一，所以特意派了一批員警來進行保安工作。白文韜剛剛來跟別人交接，就看見唐十一從車子裡出來了。

白文韜自從在口供房跟唐十一鬧僵後就再沒跟他見過面了，這時候看見唐十一，也不知道該作什麼反應好。不過唐十一好像並沒有看見他，他下了車就直接進門去了，眼尾都沒有往這些維持治安的保鏢員警們掃一下。

白文韜看著唐十一那摩登時尚的身影隱入了被水晶玻璃反射得七彩斑斕的舞廳，淺淺地嘆了口氣。唐十一說得對，他們的確不是同道中人，他唐十一是做大事的，他這種小市民只要像平常人那樣高高興興開開心心過些安樂日子就好了。

他心裡是這麼想的，但表情卻沒能同步放開，於是細榮便過來拍拍他的肩，「算了，人家是大有錢人，我們還是少惹為妙。」

「我知道啊，不用特意提醒我的。」白文韜看看手錶，朝幾個一起站崗的兄弟說：

「哎，等他們散了，我們去吃夜宵吧！宿舍隔壁那檔潮汕粥怎樣？」

「你請就去！」

「不能這麼對我吧！」

「你們幹什麼！工作呢！嚴肅點！」這時，巡查過來的李國強大聲訓斥了起來，「裡面全是上流人家，你們給我放醒目些！要是出了岔子你們就死給我看！」

「是，強哥！」

「陀衰家[6]！」李國強罵罵咧咧地走了開去，白文韜等人朝他後背猛做鬼臉。

這場舞會一跳就跳到了凌晨三點多，那些喝飽吃足紅光滿臉的達官貴人終於都一個個坐上車子走了。白文韜也站得腿腳發直了，大伙趕緊整理了一下場地，就勾肩搭背地去吃夜宵了。

「我看見了，我親眼看見李國強跑進了會場，想討好人家，結果被梁局長罵了個

6 廣東話，形容專門連累別人的人。

狗血淋頭回來呢！」細榮手舞足蹈地模仿起李國強被罵的情境，「李國強你發雞盲啊這是你能進來的地方嗎還不滾出去！是是是，局長我錯了，我馬上出去看著那班傢伙，讓他們認真工作！還不快滾！是是是，我馬上滾，馬上滾……」

「哈哈哈，我就說他今天怎麼人模狗樣地穿了西裝呢，原來是忙著給人家做狗去了！」白文韜笑得拍大腿。

「可惜人家不想要這條狗呢！」

「為什麼？」

「因為那是一條……」白文韜、細榮跟大鵬三個人互看一眼，深呼吸一口氣大聲地喊道，「癩痢狗！！！」

「哈哈哈哈！！！！讓他聽見你們就死定了！！！」大伙哄笑起來，李國強也算長得像個人，就是小時候被熱水燙壞了頭皮，所以總是戴著假髮。大家平時怕他不敢當面揭短，但背後總拿這個開玩笑，「我告發你們！」

「想當反骨仔！來人，捉起來！」

「哎呀你們這班死仔包[7]別打爛我的東西！」夜宵檔老闆也被他們逗樂了，加入了起哄的行列。

一班人嘻嘻哈哈地玩鬧著，忽然一輛轎車駛了過來，在夜宵檔子對面停下了。

那是唐十一的車子。白文韜遠遠就看見唐十一坐在後座裡看著他了，但他也不敢自作多情地以為唐十一是來找他的，便繼續低頭吃東西，裝沒看到。

當然了，這裡頭也帶著一點的賭氣。

「老爺，我去請白先生過來吧。」過了一會，劉忠看那班人還是自顧自地吃夜宵，那白文韜更是看都沒往這看一下，便向唐十一提議道。

「不用，等著。」唐十一笑笑，他覺得白文韜一定會過來的，只是時間問題。可沒想到那群人很快地吃完了，各自付了錢，竟然就一起往宿舍走回去了。白文韜完全沒有要往他這邊挪一挪腳步的意思，唐十一還不敢相信，人就已經全都走進宿舍大樓了。

7 廣東話，意指「死小孩」、「臭小子」。

「白文韜，有你的……」唐十一爺哪曾被人這麼冷淡無視過？他咬得牙齒「咯咯」響，猛地甩開車門就鑽了出來往員警宿舍走。

「喂，文韜，剛才那是十一爺吧？」

進了宿舍開了燈，大伙開始決定洗澡順序，大鵬拿手肘撞了撞白文韜，「你把他晾在那裡，不太好吧？」

「人家要是來找我的話，早就讓司機叫我過去了，還用得著我自己過去打招呼？」白文韜在凳子上伸個懶腰，「別亂說話了，你洗不洗澡，你不洗我洗了？」

「我要洗！我明天早班呢……誰啊！」正說話，門鈴響了，大鵬跑去開門，一眼看見門外的人頓時嚇得尖聲喊了出來：「十一爺！」

「唐十一？」白文韜猛地站了起來，快步走到門邊，「你怎麼上來了？」

「你就是想我親自來請你而已，不是嗎？」唐十一皺著眉，竟微微噘起了嘴。他今晚強忍無聊地陪笑了一整晚，又喝了酒，白文韜還不知死活地跟他唱反調，不由得惹動他要起任性來了。

「沒有沒有，你誤會了。」白文韜一驚，這大牌他可耍不起，「十一爺你找我有事？」

「你跟我來。」

唐十一說著就轉身走下樓梯了，白文韜叫也叫不住，只好跟著他走。下了樓，上了車，車子都起動了，他才問道：「十一爺，我們這是要去哪？」

「到了你就知道了。」唐十一瞪了白文韜一眼，噎得他接不上話了。這是哪得罪他了？

一路無話，白文韜看看外頭，卻見唐十一把他接回來百樂門了，「你帶我來這裡幹什麼？」

「跟我來就是了。」唐十一先下了車，回頭朝白文韜伸出手。

白文韜以為他這手勢是接送女孩子形成的慣性，便笑著對他搖頭，不想唐十一硬是拉著他的手把他拽出車子，拉著他的手臂把他帶進舞廳去。

「哎哎哎，你這是幹什麼呢！」

舞會散了，音樂停了，燈火滅了，散去了這些虛浮的繁華以後，舞廳也不過是一個地面比較寬闊光滑的地方而已。唐十一一支箭似地拉著白文韜直奔到舞池中間才停了下來，地面光滑，白文韜差點煞不住腳撞到唐十一背上。他站好了，環視了一下烏燈黑火的舞廳，不解地問道：「十一爺，你帶我到這裡幹什麼呢？」

「你剛才是不是在生氣？」唐十一轉過身來，拍了拍手，舞池正中央的那盞水晶大吊燈慢慢亮了起來，暖橙色的光投下來，舞池也就不再感覺那麼冷清蕭瑟了。

「我生什麼氣啊？」白文韜被他那篤定的語氣說得一愣一愣的，又見唐十一眼角泛紅，滿身酒味，便試探地問道：「你是不是喝醉了？」

「你都沒醉，我怎麼會醉呢？」唐十一搖搖頭，「你是不是因為我剛才沒跟你打招呼所以生氣了，於是明明看見我了都裝作沒看見？」

「就這事？」白文韜心裡打了個跌，哭笑不得，「我是看見了你卻裝作沒看見，因為我以為你停在那裡是在等別人啊！你又沒叫我，我總不能自己跑上去跟你說話吧？」

「為什麼不能？」唐十一咄咄逼人，「我們不是朋友嗎？」

「……十一爺，你這個問題讓我為難了。」白文韜往後退了一步。

「我怎麼為難你了？」唐十一上前一步，「劉源祥的事情，我就跟你一個人坦白過，你還是覺得不夠明白，不是朋友所為？」

「你誤會了，我明白，我非常明白。」白文韜連忙搖頭，「但十一爺，你這位朋友，我大概是交不起了。我只是個很平常的小市民，我的想法很簡單，在我的觀念裡黑就是黑，白就是白，雖然我也知道很多偉大的人都是為了做好事而不得不做很多壞事，可我不是偉人，我能明白但是……」

「但是沒辦法接受。」唐十一低下頭，「那你有沒有想過，我從來就沒有選擇接受與否的權利？」

「我……」白文韜也低下了頭，他不是故意要向唐十一顯示自己有多清高清白，也不是要來責怪唐十一的做事方式，他只是、只是不想再跟唐十一有什麼糾葛。他本能地覺得唐十一很危險，不是生死攸關的那種危險，而是會讓他做出自己都料想不到是什麼事情的未知危險。「十一爺，我……」

「你會跳舞嗎?」唐十一猛地抬起頭來，卻又是一臉的笑意了。

「啥?」白文韜被他那笑意盈盈的眼睛晃了一下，不由得眨了幾下眼睛，「不會。」

唐十一笑得更開了，他執起白文韜的手就把他架了起來，「我教你吧!」

「咦?不、不用了!」白文韜還在抗議，一隻手已經被按在唐十一腰上，另一隻手也被拉起，唐十一的手掌就握了上來，「十一爺，真的不用，我又沒有舞會可以參加……哎!」正說著，唐十一就一腳踩上了白文韜的腳背，痛得他直叫嚷。

「專心點，我上一步，你就退一步。」唐十一用力拍直了白文韜的腰杆，「跟著我數節奏就好了，一二三一二三，然後三就要雙腳並立停頓一下，明白?」

「……大概吧。」白文韜知道他掙扎也是徒勞了。

唐十一又笑了，他揚起下巴來，視線落在兩人相握的手上，低聲地數著一二三，便帶著白文韜滑了開去。一開始兩人還是不到十步就你踩我我踩你的，但跳了一陣熟悉了節奏後，白文韜也就協調過來了。唐十一頗為滿意這搭檔的領悟力，便開始教他轉身跟六步連環了。

白文韜從前看那些小姐少爺跳舞也是覺得挺好看的，明明是一小步一小步地移動卻讓人產生他們在滿場飛舞的感覺，如今自己被帶著跳了起來，心裡不由得有些得意。他跳的又是男步，一旦熟悉了舞步就有主導權了，也不管唐十一跟不跟得上，用力摟著他的腰就滑了好幾大步掃起場來。唐十一急忙配合著上步退步，好不容易跳完了兩個八拍，轉得頭都有些發暈了。白文韜居然覺得很好玩，猛地給他轉了個方向興高采烈地說：「這個好玩！再來一遍！」

「白……哎喲！」唐十一剛想說沒有哪支交誼舞會連著轉圈的，就已經被他拉著又跳了起來。第四步大跨步上來的時候他跟不上了，手又被捉得緊，腳下一步岔空，踩到了白文韜下一步會踏上的位置，當下兩人腿腳相撞，「唉喲」地叫了一聲，齊齊撲通地摔在了地上。

唐十一摔在白文韜身上，好生惱火地撐起身子來推了他一把，「有你這麼跳舞的嗎，啊？交誼舞交誼舞，跳舞是用來交流聯絡情誼的！你這麼使勁摟著人家小姐轉圈，人都轉暈了還怎麼聯絡情誼啊！」

「我不是說我不會了嘛！」白文韜也撐起身子來，不服氣地反推了一下唐十一的肩膀，「是你硬拽著我跳的！」

「剛才是誰硬拽著誰！」

「唐十一！」

「白文韜！」

兩人互吼一聲，相視片刻，不由得同時笑了出聲。唐十一咬著唇當胸口又推了白文韜一把，白文韜這回不擋了，一把捉住他的手帶著他往後一躺，兩人就並排著躺在了舞池中央。頭頂上的水晶燈，叮叮噹噹地撒下零零碎碎的光，照得兩人頭臉上的汗都在閃光。白文韜轉過頭去看了看唐十一，他笑得很是開心，眼睛都彎了起來，好看得很，他便又轉回了頭看著天花板，「小桃總說你長得好看，我現在服氣了。」

唐十一馬上就收起了笑容，「小桃那丫頭沒見過世面，比我好看的人多了去了。」

「是嗎？我也覺得你挺好看啊。」白文韜說得坦蕩，「比你那群……朋友要精神多了。」

「你想說豬朋狗友就說吧，我不介意的。」唐十一坐起身，盤腿坐在地上，「我其實很羨慕你。」

「我有什麼好羨慕的？窮風流餓快活罷了。」白文韜也坐起來，「十一爺，我今晚說話有些沖，你別放心上。」

「我就喜歡你說話沖，這代表你說的都是真話，我不用分心去想這話能不能相信。」唐十一轉過身子去面對著白文韜，「我十六歲就被我爸趕到了英國讀書，本來我是挺高興的，覺得沒人管束，怎麼玩都可以，但是入學第一天，我就被人反鎖在屋子外頭了。英國的冬天很冷的，會下雪，就算你想哭，也會因為眼淚流到一半就凍成冰而哭不出來的。」

白文韜心頭一震，「為什麼你會被反鎖了？服侍你的人呢？」

「哪有人服侍我，我爸就是想磨練我。」唐十一無奈地笑了笑，「我也不知道我做錯了什麼要被人這麼捉弄，但是很快我就知道，你不需要做錯什麼，世界上有一種不需道理的惡意，只要你存在就是錯誤，只要你呼吸就是錯誤，然後就會有人千方百計地要剷除你這個錯誤。」

白文韜想了好一會，只能擠出來一句話：「你一定很辛苦。」

「辛苦啊，一開始的一個月確實好辛苦，衣服都被人弄壞了，書本永遠都會失蹤，吃的飯都是冷的，跟室友說話他永遠都聽不見。」唐十一臉上的笑容慢慢沉澱成了得意的笑，「但是之後就好了。」

「……」白文韜不知道該不該問他是怎麼好的。

「我拿錢收買了一個白人，就讓他把那些帶頭欺負我的所謂上流貴公子帶進了唐人街的賭場，牌九麻將賭大小，不到一個星期，他們輸得連生活費都沒有了。然後我就用別人的名義借錢給他們，十天之後他們看著自己的欠單痛哭流涕，我就叫打手打他們，打到他們連求饒的力氣都沒有了，我再出來告訴他們，我就是借錢給你們的人。」

「他們沒一起反你？」

「你別看外國人一副高高在上的樣子，整天說我有罪上帝饒恕我，就以為他們真的很高人一等，他們天生就是偽君子。他們有句話是私有財產不可侵犯，就是說我的錢誰都別碰，不過是一群有奶便是娘的白皮豬。」唐十一說著，低下頭「咯咯」地笑了起來，「日本人我搞不定，但英國人我能搞定，然後日本人又怕英國人，哈哈，最後還不都是給我搞定了！」

「日本人找你麻煩了？」白文韜皺起眉頭來，「你手上有軍隊，他們應該暫時不敢動你的。」

「他們不是要滅了我，他們是要逼我做漢奸。」唐十一抬起頭來，眼睛裡閃閃發亮的，白文韜竟是分不清那到底是淚光，還是只是燈光折射到他眼裡帶來的錯覺，「他們威脅我去做所謂的廣州商會主席，其實就是想讓我做漢奸，幫他們壓榨我們廣州的生意人家，養肥他們自己的口袋！」

「他們連英國領事的面子也不給？」

「如果他們連英國領事的面子都不給，我今晚就來不了這裡了。」唐十一捉住白文韜的手，跟剛才跳舞時的輕柔不同，這次他捉得很用力，簡直把白文韜的手都壓死在地上了，「文韜，幫幫我。」

被唐十一猶如托孤一般的無助眼神看著，白文韜連眼珠子都轉不動了。他嘆口氣，輕聲問道：「……我能幫你些什麼？」

「你願意幫我？」唐十一暗暗鬆了口氣，他也不知道為什麼自己那麼篤定白文韜能搞定這一遭廣西的押貨，反正聽見他答應，他就覺得心頭大石都落下了一半，很是安心。

「我可不是無條件幫你的。」白文韜看唐十一的眼神一下子恢復了神采，自己也寬心了些，就當做是今晚說了讓他生氣的話而作出補償吧，「事成以後，我要一千塊。」

「一千塊，價格挺公道。好，我答應你。」唐十一心頭冷了一下，可還是帶著微笑地站了起來，「走吧，我送你回去。」

白文韜回到宿舍的時候，正是黎明前最黑暗的天色。他沒開燈，摸黑走進自己的房間，拉開窗簾，一片漆黑中有一點忽明忽暗的紅色亮點。唐十一還沒有走，那小紅點應該是他在抽菸。

白文韜就定在窗邊看著那個小紅點，然後看著它被擲到地上，碾滅了，消失了，他才猛地拉上窗簾，挨著桌子坐到了地上。

唐十一只是在利用他。白文韜撐著額頭，手掌上還有唐十一那幾不可聞的古龍水味道。他說的事情應該都是真的，但是他有那麼多的兵馬，為什麼要他一個外人去幫忙押貨？

成功了，得益的是他唐十一，失敗了，也可以說他跟他沒有關係，不必負責。

白文韜雙手握成拳頭敲了敲自己的腦袋，他明明沒喝酒，也覺得自己醉了。

醉在那一片暖橙色的水晶燈光裡頭了。

第五章

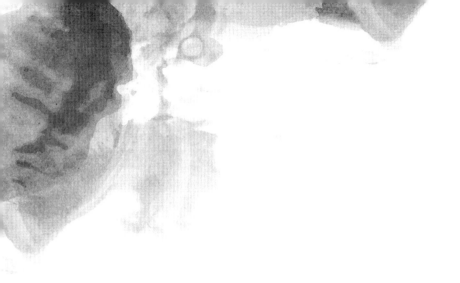

肥仔華這輩子沒什麼特別出眾的才華，唯獨在長胖這事情上得天獨厚。在廣西鄉下的窮鄉僻壤裡竟然也能長出一身肥膘，人家不知道的以為他家裡總不會太窮，卻不知道他其實是喝水都會胖的體質。不過長得人高馬大也好，有力氣，能搬能抬，二十出頭就混到了貨運公司裡當個押貨的保鏢，每走一趟都能收到幾封利是[8]，日子終於也跟他這身材慢慢對上號了。所以他很是勤奮，但凡別人想偷懶，要他幫忙頂班他都會答應，不辛苦哪能得世間財嘛！

可是如果讓他回到三天前，他一定不會答應這個頂班——現在他躲在一個樹叢裡，耳邊全是「碰碰」作響的槍聲。

要是換了從前，號稱廣西惡虎的領隊早帶著他們衝上去拚了。他們貨運公司走南闖北清出來的通道上，已經差不多十年沒見著有敢劫貨的了。可是這次虎落平陽了，那班來搶的人個個身穿日本皇軍的制服，「嘰哩呱啦」地說了一大通話，就開始對他們開火。

8 廣東話中的紅包。

惡虎不敢殺日本人，但這趟貨的東家也是大來頭的，丟了這批貨他們就不用指望再有廣東那邊的生意了，於是惡虎讓大家把貨都拖進密林裡，跟日本人對峙，希望他們會先熬不住撤退，他們趁機改道溜走——但時間已經過去一個鐘頭了，依然是這麼個進退兩難的局面。

肥仔華的槍早就沒子彈了，其他人也差不多，只能在敵方停下換子彈時發兩記冷槍。幸而他們槍法準，一槍總會撂倒一個，才能支持了下來。又過了些時間，日本人的彈藥應該也用盡了，只聽見他們「嘰哩呱啦」地一陣亂喊，就慢慢往後退，總算撤退了。

肥仔華渾身的肥肉都垮了下來，汗津津地軟成了一灘泥，連爬帶滾地來到惡虎身邊哆哆嗦嗦地求了起來，「虎哥，我們就把貨給他們吧，日本人惹不起啊！」

「滾你娘的！死日本鬼子不就子彈多一些！當年虎爺我一把柴刀就砍開了廣西大山的路，現在憑什麼要我讓道！」惡虎甩了肥仔華一個耳光，轉身就朝眾人招手，「趁日本人撤了，我們出發！從二五道那邊走！」

「虎爺，從這裡到廣東路途遙遠，躲得過這次，不知道躲不躲得過下一次啊。」一個穿著布衣短褂、戴著頂小偷帽的手下說。

這個人站在距離惡虎稍遠一點的地方，在大部分的兄弟後面，所以他說話時，大家回頭看了他一眼，憑感覺覺得那是自己人就不管他了，但惡虎卻是猛地拔了槍出來對著那個人喝道：「什麼人！」

眾人見老大拔槍，紛紛轉身過去擎起槍來，那人卻先發制人地連發三槍，打落了三個人手上的槍，卻沒傷到人。他大聲喊道：「別動！我兩把槍還剩下二十發子彈，你們不過十五個人，一槍一個還有找呢！」

惡虎知道他那三槍是打給他看的，便沉下氣來問道：「兄弟，你有這種身手，幹嘛要趁日本人的火打劫自己人呢？」

「你猜錯了，我不是來趁火打劫，我是來幫你們的！」那人脫掉帽子，露出一張端正英氣的臉來，「千舟萬船夜夜帆，不見珠江水倒流！」

這是這趟貨的老闆交代下來的接頭暗號，惡虎聽了，臉色放緩不少，卻還是不肯放下槍，「既然是來幫我們的，為什麼不堂堂正正出現，要這樣偷偷摸摸地混進來？」

「因為我得讓你們親自體會一下給日本鬼子堵上的感覺，要不虎哥你這樣偉岸的英雄人物，怎麼會願意屈服給小鬼子呢？我越說他們厲害，你老人家不是更加有勁頭去跟他們鬥一鬥？」白文韜收起槍，雙手高舉過頭慢慢朝惡虎走過去，「虎哥，老闆只是想貨物安全到達廣州，大丈夫能屈能伸，你說是吧？」

惡虎皺著眉頭盯著白文韜一會，也放下了槍，「兄弟，報上你名字來。」

「我叫白文韜。」白文韜說完，看了看身邊還是舉著槍的眾人，惡虎壓了壓手，他們才放下了槍，「虎哥，時間緊迫，麻煩你們圍過來聽我的辦法，我們要爭取時間。」

白文韜出發的時候，唐十一只叫人告訴他一個口訊，請他一個星期之內一定要回來。雖然日本人答應給他十五天期限，但他們不出十天一定會來施壓，他也不能總依仗英國人那麼漏氣，請他萬事小心。

話說那隊日本皇軍，他們的子彈打沒了，又對廣西的山林不熟悉，不敢貿然入林搜索，便打算退回去。反正上頭命令只說把這批貨截下來，從廣西到廣州的路上多得是關卡，他們完全不擔心那班人能逃得掉。

「少佐！」突然一個去解手的日本士兵急急忙忙地跑了上來，「那群人趁我們離開，正把東西往其他道路上搬！已經走很遠了！」

「可惡！竟然改道！刺刀都上了，跟我來！」

殺氣騰騰的日本人折返回來，那故意引日本人回頭的肥仔華就卯足了勁頭跑去跟白文韜他們彙報了，「來了！來了！都回來了！」

「好，各位記住我剛才的話，不要做得太明顯，也不要讓自己受傷，搶近身，他們的刺刀就發揮不了了。」白文韜把小偷帽一蓋，就跟大伙一起跑出去，推著那裝著大箱子的木頭車往樹林深處跑。

「站住！」日本士兵們大聲吆喝著衝過來，兩方都沒了子彈，於是開始了近身打鬥。日本士兵們見這些押鏢的竟不怕他們的武器衝上前來，一纏上了就怎麼都打不開去，一時都緊張了起來，而其中一個戴著小偷帽的更是跟他們的少佐打得難分難解，不禁心中發慫，這些人怎麼突然這麼不怕死了呢?!

「納命來！」正納悶，只見那戴著小偷帽的被他們少佐一拳打倒在地上，刺刀一下就往他的胸口插去，他飛快地翻身滾了開去，但左肩還是被刺中了。他一腳把少佐踢開，拔下刺刀，就吆喝上別的手足一起棄鏢逃跑了。

有士兵要追，卻被那少佐喝住了，「別追！樹高林密，小心埋伏！」

「那……少佐，這些東西就是我們要搶奪的東西嗎？」幾個士兵想要打開那些箱子，被那個少佐阻止了，「先帶回本部，交給大佐決定。」

「是！」

日本兵推著這些箱子回到憲兵本部，本部的大佐命人打開箱子，卻見一大堆的紙皮布料，裹著的是一卷卷的畫軸。少佐不解地問：「為什麼上頭讓我們必須搶下這些畫呢？」

那大佐其實也看不出門道，但他又不想在部下面前丟臉，便說：「這你就不懂了，這些都是名家手筆，一卷畫軸就值好多錢，而且又輕，比你們拚命去搶的東西還值錢呢！好好保管起來！然後報告給山本大佐，說這邊的貨已經攔截了，讓他放心行事！」

「是，大佐！」

那些日本人以為自己完成了任務，竟也沒有想到要把那些押鏢的人給捉拿起來，虧了白文韜一行人跑了半座山頭才敢坐下來休息。

「白先生，你、你是怎麼弄來這麼多畫卷的？」惡虎一邊喘氣一邊問。

「那是我……預先收、收藏在山洞裡的……」剛才那些畫卷全是白文韜預先藏在那附近的山洞中作頂包用的，「他們要搶，就讓他們搶。他們大概也不知道到底要搶的是什麼，其實就連我自己，也不知道那裡頭是什麼呢！」

「你怎麼知道我們會在這裡跟日本人駁火？」

「通向廣州的商路上，這裡距離日本人的本部最遠，所以我猜你們一定會走這條路。然後，我把這個想法告訴了一個翻譯，他從前是廣西的員警，跟我有些交情。」

白文韜一邊靠著石頭休息，一邊撕下衣服的下襬來綁傷口。

「白文韜，哈，你這名字取得好！」惡虎一拍大腿，走過去幫他包紮起來，「本來我看你的槍法準，還在想你該叫武略呢，結果還是你爹媽會取名！有想法，好計謀！果然是該叫文韜！」

「哎呀，虎哥你太誇張了，我不過是有些小聰明會耍滑頭而已。」白文韜抬頭看了看天色，「虎哥，晚上我們折返那個山洞去把原來的貨拿回來，然後，你能派個小兄弟去最近的縣城買副棺材嗎？」

「買棺材?!」惡虎一驚，「這麼晦氣的東西買來幹什麼？」

「當然不是給人用的，我們把貨裝進去，然後打扮成送葬的，容易混出去。」白文韜嘆口氣，「始終還是路途遙遠，萬事小心。」

「好，肥仔華，你體力好，加緊步子到前頭的牛角鎮買副棺材，還有送葬的東西，我們晚點來找你會合。」

「虎哥，我哪有錢買這些東西啊。」肥仔華喪著臉，「這些東西加起來總得要個一百來塊啊！」

惡虎被他這麼一說，自己也愣了，是啊，出來押鏢的哪裡有這麼多錢呢？這時，白文韜從脖子上解了一條舊銅色的鍊子下來，那鍊墜卻是一枚金戒指，他把戒指摘下來給肥仔華，「給鬼子們搞個風光大葬！」

「哈哈哈！好！給鬼子們搞個風光大葬！！！」

謀定後動，肥仔華去搞那風光大葬的事情，白文韜就跟惡虎帶著三四個人回到那偷龍轉鳳的山洞裡收拾貨物。他們一路摸黑，直到進了山洞才敢打亮手電筒來照明。

那些貨物被粗麻布裹成一個個的正方體，抱著還挺沉的。眾人動手把它們搬到麻包袋裡，突然一個人摔了一跤，那麻布被鋒利的山石一掛，勾破了一個口子，掉出來一塊半塊磚頭大小的黑色東西。

白文韜眼明手快地把那塊東西撿了起來塞回去，「沒事沒事，大家繼續搬。」

「嗯。」惡虎自然明白押鏢別管箱中物的道理，就招呼伙計繼續搬東西。

白文韜卻是再也無法開懷了。

那黑色的磚塊，分明是鴉片膏！

唐十一，你跟我，果然還是不同道的啊。白文韜把那舊銅色的鍊子扯了下來，隨手扔到了樹叢中。

身在廣州的唐十一日子也不好過，起初他為了讓日本人忌諱，故意跟艾蜜莉打得火熱，誰知道外國女孩性格外向奔放，約會第五天就向唐十一求婚了。唐十一本想拖延一下，就說還是比較享受談戀愛的浪漫，對家庭的負擔暫時沒有心理準備。沒想到這話一說，艾蜜莉小姐就發脾氣了，也不知道是故意氣唐十一的、還是真的移情別戀了，竟然跟法國領事的公子約會了起來。唐十一心裡掛念著白文韜的事情，就算再去討好艾蜜莉也顯得心不在焉，乾脆就鐵定了心腸等白文韜回來再想對策。

但山本裕介似乎不打算給唐十一過哪怕一天的安樂日子，過不了一個星期就上門來催促了。唐十一客客氣氣地攆走了他們，他們又到羅山的酒樓去搗亂，一群日本兵吃喝打鬧，把客人都趕走了，買單時就塞那無用的軍票來抵數。羅山老頭子是跟著唐鐵打江山的老一輩，哪裡吞得下這口氣，就跟他們吵了起來，結果讓一個日本士兵當頭打了一棍子，那天晚上就一命嗚呼了。

唐十一聽說羅山受傷了馬上就趕去醫院，卻還是只來得及在門外聽見羅家人大哭的聲音。羅志銘在他們這群後輩中算是比較沒膽氣的，此時他正伏在老父的床前垂淚，唐十一拍了拍他的肩膀，安慰他節哀順變。

「十一，其實我想跟你商量一件事很久了。」好不容易收了哭，羅志銘捉住唐十一的手說，「我想到香港去，看這個情形，蘿蔔頭很快就該打到廣州了。那些店鋪我們都不要了退回給你，你要怎麼處置就怎麼處置吧。」

「……你們打算什麼時候動身？」唐十一知道已經沒有轉圜餘地了。

「越快越好。」羅志銘比了個「六」的手勢，壓低聲音說，「我得到消息，說最多六個月，華南地區就會全面淪陷了。」

「我明天讓祕書去辦理手續的事情……銘仔……」唐十一叫起了羅志銘小時候的諢名，「任何時候你們想回來，我都在廣州等你們。」

「十一，你也走吧！」羅志銘忍不住又哭了，「你看，程家的金條都成了廢紙，鄭家的商行都逼著虧本買賣日貨，蔣大奶奶的鴉片生意都不敢開了，廣州撐不下去的了，你也走吧。到檀香山，或者到大後方去，你手上也有軍隊，一定可以東山再起的！」

唐十一溫和地笑了笑，拍著羅志銘的手背安慰道：「不用擔心，我有辦法的，廣州總不能沒有人撐著。你接下來也會很忙的，能幫上忙的地方儘管開口，我不打擾你了，先走了。」

「十一……唉！」羅志銘還想說什麼，可唐十一已經大步走出病房了，他只好回頭去跟老父懺悔，「對不起，爸，對不起……」

唐十一出了醫院，劉忠問他要去哪裡，他想了想，「還是回家吧。」

「老爺，今天道森先生有送請帖給你呢。」劉忠提醒。

「我現在還有心情參加舞會嗎？」唐十一之所以不太緊張艾蜜莉的事情，也有一部分是因為道森先生在他女兒的追求者中比較偏向自己，「白文韜有消息回來嗎？」

「暫時還沒有。」劉忠搖頭，「聽說傍晚的時候有一輛日軍的車進城了，是廣西那邊過來的。」

「……回家吧，我頭有點痛了。」唐十一鑽進汽車，握住了繫在衣鈕上的懷錶。

今年的龍舟水來得猛烈，雨聲煩得唐十一一夜都沒睡好，八點半就爬起來梳洗了，精神甚是不好。不過他也還是堅持回唐家的公司萬滙大廈，處理羅家的店鋪退租手續。

可是他文件還沒看完一半，山本裕介又帶著士兵門也不敲地闖了進來，「唐老爺，萬分抱歉，我昨天去開軍事會議了，今天才知道我的手下對羅老爺動粗了，真的是萬分抱歉！」說著，就把一個日本小兵推到了地上用日語大聲罵道：「還不快點道歉！」

「對不起，唐老爺，非常對不起！」小兵正正地跪在地上磕了一下頭。

「山本大佐，你是不是去錯地方了？」唐十一放下文件走到會客沙發那坐下，「你要去跟羅老爺道歉，就該到羅家去，或者剖腹謝罪到地府下去，卻沒有跑到我萬滙來的道理啊。」

「沒錯，唐老爺說得對，待會我自會去羅老爺家道歉。現在，我們先談正事。」

山本裕介也挾著軍棍在沙發上坐下，「唐老爺，昨天我們收到廣西軍部的消息，有遊擊隊想從廣西偷運物資到廣州，不知道唐老爺最近有沒有貨要運來？如果有，一定要記得先跟我們打招呼，要不一律沒收了，就傷和氣了。」

「不勞費心，我們沒有東西要運來。」唐十一知道山本想套他的話，便自然地笑了笑說道，「萬匯的生意現在主要從海路走，從廣州灣那邊過來，也有正式地跟你們的海軍機關登記過的，山本先生不用擔心。」

「哦，既然如此，那最近要是有任何人想要把東西運到萬匯來，就不要怪我們一律開箱檢查了。」山本裕介面色一冷，「唰」地站起來。

「當然可以，我們是正經商人，沒有做黑市生意，你儘管檢查。」唐十一還是坐在沙發上不動如山，微微抬著頭向山本裕介彎了彎嘴角。他不是裝不了諂媚逢迎，但要他諂媚逢迎，也要個必須這麼做的時勢。況且比起遍地都是的逆來順受、呼之則來揮之則去的奴才，一個有本錢有膽識跟日本人談條件的生意人，或許能得到更多的尊重與利益——總沒有人願意跟一個身價差太遠的人談條件的。

「老闆！老闆！糟了糟了！」這時，一個伙計突然慌慌張張地跑進來，「有人、有人在門口鬧事！」

「什麼？」唐十一眉頭一皺，馬上坐直了身子。

「有人說我們賣假酒，喝死了人，現在抬著一副棺材在門口，要、要你出去交代……」伙計越說越小聲。

「豈有此理，竟然汙蔑萬匯賣假酒?!」唐十一猛地站起來大步往門外走，山本裕介頓了頓，也跟了過去看熱鬧。還沒到門口，就聽見一陣吵吵鬧鬧的哭叫聲，大喊著「奸商害人！殺人填命！天理何在！唐十一你個冚家鏟[9]給我出來啊！」之類的辱罵言辭。

「什麼人！」權叔喝了一聲。

只見一副棺材正對著萬匯門口大大咧咧地放著，男男女女的五六個人跪在地上呼天搶地。其中一個捧著個老人家遺像的青年男子看起來是孝子，一見唐十一出來就衝

9 廣東話粗口，意指「消滅全家」、「全家死光」。

上前來指著唐十一大罵：「你個沒天良的奸商！昨天我爸買了你們一瓶酒回去，晚上沒喝兩口就口吐白沫四肢抽搐，送醫院都來不及就斷氣了！你們萬匯賣假酒！我要你們賠命！」

唐十一本來聽到有人來砸場還覺得納悶，待他看清楚了那披麻戴孝的人是白文韜以後，馬上就意會了過來。他皺著眉頭說道：「你說話小心點，我萬匯這麼大的公司，我唐家這麼多的產業，難道要靠陷害一個老人家來賺錢？你說你父親是喝了我們的酒，有什麼證據！」

「證據，瓶子都還在你說這是不是物證！我們一家人看著他喝的，你說這是不是人證！」白文韜暴跳如雷地把一個瓶子舉到唐十一跟前揮舞，大有想要一瓶子往他頭上砸下去的勁頭。權叔連忙上前隔開他，唐家的手下也馬上把白文韜拉了開去，「放開我！你們這群黑心奸商！想幹什麼！」

「隨便拿一個萬匯的洋酒瓶子來就想訛我的錢！異想天開！」唐十一惱火地揮了一下手，「把這群人押走！我還要做生意呢！」

「等等。」山本裕介卻開口了，他走到白文韜跟前問道：「你說你老爸是喝萬匯的假酒中毒死的，那你敢不敢打開棺材，讓大家看看你老爸是不是真的是中毒死的？」

唐十一心裡一緊，正要開口，卻看見白文韜朝他看了過來，十分囂張地說：「當然敢！我還要把那個沒天裝沒地葬的黑心奸商揪過來給我爸磕頭呢！這位長官，你能不能幫我把他也揪過來一起看，省得他抵賴說不是？」

「你不要這麼囂張，如果你真的想汙蔑唐老爺，我們也不會放過與日本皇軍朋友為敵的人。」山本裕介警告了一下白文韜，又轉頭向唐十一說：「唐老爺，就讓他心服口服吧。」

「好，又不是沒見過死人。」唐十一抬頭昂首地走到棺材旁邊，看著白文韜說：「待會如果我見到什麼不對勁的，就不要怪我唐家用私刑了。」

「看就看，我才不怕！」白文韜朝幾個同樣披著白麻的男人招招手，又對著棺材哭了一會，「爸，不是我不孝要驚動你老人家，只是為了還你老人家一個清白，唯有出此下策了……」

「快動手！」山本裕介沒什麼耐心，他只是想確認這不是唐十一偷運貨品的掩眼法，並不關心這場鬧劇到底誰是誰非。

「好，兄弟們，麻煩你們了……一、二、三！」四個人各搬著棺材的一個角，吆喝著號子才把棺材蓋子挪開了一半，看來這棺木也是副好材料。

山本裕介瞥了一眼，只見裡頭躺著的老人面色發青，嘴唇烏黑，手腳蜷曲，看來真的是中毒了痛苦掙扎而死的，當下就走開了幾步，生怕會沾染到什麼死人的細菌。

「唐老爺，你們自己確認死因了。這是你們中國人的矛盾，我不方便說話。提醒一下你，你還有五天的時間可以商量。」說罷，他就不顧白文韜聲嘶力竭的「長官！你不能不管我啊！長官你要為我說句話啊！」的叫喊，快步上了車子離開了。

唐十一見山本裕介走了，就忍不住笑了，彎著嘴角吩咐手下說：「豈有此理！分明是病死的！來人，把這些亂民給我帶回去！那晦氣的棺材還不趕緊搬走！愣著幹嘛？快動手！」

頓時又是一陣呼天搶地大吵大鬧，那些披麻戴孝的不是被送到警察局，而是被捉到了萬匯的鐵皮倉庫裡待著，包括那副棺材。

「哎呀沒天良啊！害死人還想滅口啊！」

儘管已經沒有旁人了，白文韜還是在那裡打滾撒潑。唐十一遣退了其他手下，就留權叔一個在身邊，他走到白文韜跟前，一巴掌拍上他的腦袋，「你倒是罵得很順口嘛，啊？」

「哎喲！」白文韜這才停住了那鬼哭狼嚎。他從地上爬起來，盤腿坐著，笑道：「不然哪裡逼真啊十一爺！」

「是啊十一爺！我們都是真哭呢！」其他人也都摘掉了白麻，就是惡虎跟他的幾個手下。好笑的是連那幾個「女人」，也是他的手下喬裝假扮的，都咧著塗了紅唇膏的大嘴巴朝唐十一嘻嘻地笑。

「辛苦各位了。」唐十一親自過去把他們一個個扶起來，到白文韜了，他先是薄責一般看了他一眼，才伸出手去，「也辛苦你了。」

「拿人錢財替人消災嘛。」白文韜捉住他的手站起來，指著那副棺材說，「你要的貨，都在裡頭。」

「在裡頭？」唐十一微蹙眉尖，「剛才開棺怎麼沒看到？」

「是在更『裡頭』。」白文韜讓惡虎他們打開棺材，唐十一湊過去看，依舊是那副屍體，正奇怪，就被白文韜拉著手臂往後退了幾大步。惡虎舉起了一把大砍刀，大喝一聲，往棺材蓋子劈了下去。

只見那頗為厚實的棺材蓋裂了開來，卻是中空的，裡頭整整齊齊地碼著那些鴉片膏！唐十一目瞪口呆，他以為那鴉片最多就是藏在屍體下的夾層，沒想到竟然是在棺材蓋子裡頭！

「如果放夾層，很容易就會被發現的。我們一路上也被查過好幾次，他們都往屍體底下看，我就反著來，往上面藏！」白文韜拔了一塊鴉片膏的「磚頭」下來，拋到唐十一手上，「貨帶給你了，希望你……真的是有用的。」

「……請各位到萬匯裡頭稍坐一會，我讓人幫你們準備衣服。各位在廣州多玩幾天再走不晚，吃的喝的儘管算在我唐十一頭上就好。」唐十一不理白文韜，笑著讓權叔把他們招呼到萬匯裡頭，「委屈各位走後門了，請慢行，請慢行。」

「哎，我們粗人，不用這麼好禮數的！自己來就好，哈哈！」惡虎他們挨了那麼多天的餐風露宿，一聽有酒水飯食就來勁，走得幾乎都比權叔快了。就白文韜一個落在最後，似乎有話要跟唐十一單獨說。

然而唐十一並沒有要理會他的打算，他從倉庫裡找出一個箱子，把棺材蓋子裡的鴉片都轉移過去，白文韜便走過去幫他，「怎麼要你大老闆自己動手呢！」

「要是能讓別人知道這批鴉片，我就不會放著自己的軍隊不用，求救你這個雜差了。」唐十一也沒有拒絕白文韜的幫忙。

「十一爺，」白文韜停下手來看著他，「為什麼剛才那個日本人會來找你麻煩？你跟英國領事的交情不是很好嗎？」

「我拒絕了他女兒的求婚，他怎麼能跟我關係好呢？」唐十一道。

「哈啊？」白文韜竟然脫口就問，「你為什麼要拒絕？」

唐十一轉過頭來皺著眉反問：「我為什麼要答應？」

「因為，因為……」白文韜張著嘴巴說不出後面的話：這樣你才不會失去英國人作靠山啊。

「英國人這個靠山是不錯，但我唐十一還沒淪落到要靠跟一個不喜歡的女人結婚來維持自己的家業。」唐十一看白文韜張口結舌的，不禁笑了笑，「怎麼，我長了一張就是該政治聯姻的臉嗎？」

「不，我不是這個意思。」白文韜連忙搖頭，「可是，你現在怎麼應付日本人呢？」

「這個就是我唐十一要考慮的問題了。」唐十一也學白文韜那樣痞痞地笑了一下，但學得不像，倒像在拋媚眼了，「好了白先生，你人也罵過了威風也逞過了慰問也問過了，捨得去跟你那幾個出生入死好幾天的朋友一起走了嗎？」

「還沒成，」白文韜吞吞口水，「這些鴉片，你，準備賣？」

「如果我說是，你準備怎麼樣？」唐十一抱著雙手。

「如果你說是，那我們的道就已經不同到了……不能求同存異的地步了。」白文韜深深地嘆了口氣，「十一爺你保重了。」說著就起身要走。

「等等。」唐十一叫住他。

如果說白文韜之前還有一點「是不是還有可以轉圜的餘地」的猜想，那麼當他看見了唐十一打開錢夾子數鈔票給他時，他就真的連一點的希望都完全放棄了。

「說好了給你的一千塊。」唐十一把錢塞進他的口袋，「去買個督察來做吧，你會是個好警察的。」

「謝謝。」白文韜也不去數那錢，就把那鈔票攥緊實了，「那我走了。」

「有什麼事情要幫忙的話儘管來找我。」唐十一笑笑。

「不了。十一爺的人情，我怕我還不起。」白文韜說罷，扯下身上那白麻扔在地上，轉身走進萬匯大廈裡。

唐十一繼續把鴉片搬到箱子裡，末了，找了一個推車把箱子運到倉庫一邊去，拿別的貨物蓋住，就若無其事地回到萬匯大廈去。

「十一爺，」進辦公室前，祕書小姐把一張請帖送到他跟前，「剛才蔣家的傭人送來的，說請你務必賞面。」

「蔣太太的請柬？」唐十一皺了皺眉，拆開請柬來快速看了看，「嗯，幫我回個電話說我會準時到。」

「是的，十一爺。那這請柬……」

「妳處置吧。」唐十一揉揉額角，「叫權叔處理好事情以後來辦公室找我，去工作吧。」說著，他就回了自己的辦公室去。

「唉，十一爺真慘，年紀輕輕就要跟那些老狐狸鬥。」一個好事八卦的職員湊過來跟祕書咂舌根，「妳說那蔣太太請十一爺去吃的是不是鴻門宴？」

「做你的事吧，別那麼無聊！」祕書把請柬順手夾到了檔夾裡，一回頭卻撞到了一個人，「哎呀！你瞎了啊！佇在這幹什麼啊！」

「啊，對不起！」白文韜搔搔頭髮，「請問洗手間在哪裡？」

「在對面走廊的盡頭，你走錯方向了！」

「是嗎？不好意思！謝謝妳！」白文韜點頭哈腰著道了歉便往外走，目光在唐十一的辦公室門板上停留了一下，就別過頭離開了。

第六章

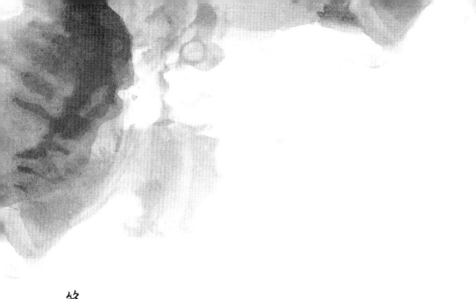

唐十一按照蔣麗芸約定的時間來到了和平飯店。一推開門，他就愣了，只見滿大廳的不只是蔣家的叔伯兄弟，程一諾、鄭承之，甚至連已經打定了撤退主意的羅志銘也都在席上。

唐十一揚起笑臉，一邊就走到蔣麗芸跟前了，「芸姨，我還以為是大家吃頓便飯而已，早知道有這麼多叔伯兄弟在，就該提醒我讓我早點到嘛！」

「十一，來，我們這邊坐著說。」蔣麗芸卻是讓唐十一在飯廳正中的位置坐了，其他人也按照身分高低圍著坐好，更多的是站著的手下，氣氛一下子就嚴肅了起來，「我們大家最近都受苦了。一諾跟承之就不用說了，你也被山本裕介那個蘿蔔頭煩得厲害，而羅老爺更是……唉，總之大家都受苦了，這一頓是芸姨想要大家在各散東西之前好好聚一聚的，別拘謹，就當我們關起門來好好聊一聊就可以了。」

「各散東西？」唐十一皺眉看了看眾人，他首先看著做銀號的程一諾，「你們要走？」

「我家的金條都成廢紙了，再不走，就連我們在瑞士銀行的那些金條都要被吞掉了。」程一諾搖搖頭，「我打算到檀香山去，承之也想跟我過去一起搞生意。」

「是啊，十一，廣州待不下去的了，我們已經找好門路走了。」鄭承之附和。

唐十一看了看低著頭的羅志銘，就乾脆跳過他直接問蔣麗芸了，「芸姨，妳也要走？」

「十一啊，我一個婆娘，就算平時多麼潑辣本事，始終要看老公的面色的。我家老爺說要退守到大後方，在那裡幹些事業，再把錢匯過來支援抗日，這總比我們大家都留在這裡等著被蘿蔔頭攻陷要好。」蔣麗芸道，「十一，你跟我們一起走吧。你是唐家的長子嫡孫，我們看在鐵爺份上，也不能讓你就這樣沒了的。」

「各位放心，十一絕對不會阻礙大家前程的。」唐十一心裡已經冷了好幾度，「不過，我是不會走的。我會留在廣州，等你們回來。」

「十一，現在不是耍脾氣的時候。」蔣麗芸的語氣變得更加「長輩」了一些，「你不是要留下當漢奸吧？」

「當然不是。」

「只怕到時就由不得你說不是了。」蔣麗芸拍著唐十一的手背，「你還年輕，不懂輕重。你現在帶著五千人的兵馬，日本人可能放過你嗎？廣州一淪陷，他們就會要求你投降，到時候十幾把槍指著你的額頭，肯就一聲，不肯就兩聲，可不是現在你芸姨跟你商量的語氣啊。」

「芸姨，妳也會說我有五千兵馬，到時候大不了豁命一拚，跟日本人來個玉石俱焚吧。日後也能有座紀念碑，挺好的。」唐十一聳聳肩，「黃花崗應該塞不進五千人了，要不就葬在越秀公園好了，我喜歡那裡。」

「十一，你正經點好不好！」蔣麗芸微怒道，「你知不知道其實芸姨，還有各位叔伯心裡都很矛盾的。你要是不做漢奸，那唐家的血脈就斷了；但如果要你保命，漢奸這個惡名也真的讓我們很痛心。要知道，你一投降，就代表唐家手下的五千人都成了漢奸，要幫著日本人打我們中國人，真是讓人髮指的罪名啊！」

「走，我是一定不會走的，但是我也不會做漢奸。」唐十一心裡冷笑了一下，「芸姨要是不相信我，我也沒辦法。不如我們還是好好吃這一頓飯，為大家餞行吧，不說掃興話……」

「吃飯不用急，十一。」鄭承之卻拽住唐十一不讓他起來，「老實說，你那五千軍隊，不如就解散了，那即使你真要保命，也是你一個人的事情，我們能體諒的。」

「解散軍隊？」唐十一笑出聲來了，「這五千人我唐家養了五六年，他們沒有任何要工作糊口的念頭，我解散了他們，他們怎麼活？廣州多五千個無業流氓，而且個個都身手不凡，還不天下大亂?!」

「十一你別怕，我們會照顧他們的，一部分跟我們到檀香山，一部分跟芸姨到大後方。當然了，一部分還是要留下保護你的，這不就一家便宜兩家著了？」程一諾急急把肚皮翻開了，被蔣麗芸瞪了一眼才閉上嘴巴。

「哦，原來是這麼個事。」唐十一搖搖頭，「一諾，承之，你們是要到檀香山避難，又不是去旅遊，帶那麼多人去惹人注意幹什麼？你們最多要一兩百人做保鏢就夠了，其他的，我想你們是替芸姨開口向我要人而已吧？」

「好了，一諾，承之，你們也不用替我做醜人了。是的，其實最希望你解散軍隊的人是芸姨我一個而已。」蔣麗芸嘆口氣，「人在河邊走，難免不濕鞋。我蔣麗芸什麼壞事沒有做過？但我也有一個不能動搖的底線，那就是鐵爺留下的教訓，絕對不能對自己的同胞動手，絕對不能做漢奸！十一，如果你真的清清白白沒有一點要做漢奸的念頭，那乾脆就把兵符交出來，芸姨帶他們到大後方去，這五千人就會成為抗日的力量，總比留在廣州被炮火一轟全變成炮灰要好啊。」

「是啊，做遊擊隊也好過做漢奸嘛。」其他人也附和了起來，聲音還不小，根本就是串通一氣要逼唐十一交出兵權。

唐十一垂著眼睛聽蔣麗芸說完，又等眾人議論的聲音慢慢過去了，才抬起頭來開口道：「芸姨，我不會交兵權給妳，如果妳要我講理由，我也可以講，只是這樣恐怕就要削妳的面皮了。」

蔣麗芸略一皺眉，就判斷唐十一只是在虛張聲勢，「十一，不要東扯西扯，總之各位叔父的意見……」

「芸姨，妳那批鴉片還好吧？」唐十一打斷她的話，「最近日軍查得嚴，妳老人家又跑到上海去那麼多天，我擔心妳照顧不過來，叫人幫忙打點了。」

「……什麼鴉片？我早就說過不會跟日本人合作賣鴉片毒害中國人，早就洗手不幹了。」

「那就是說那批鴉片不是妳的了？」唐十一作驚訝狀，「誒，那我可得把惡虎他們叫回來把鴉片送回去了。」

「送回去送回去，把這些害人的東西全趕回廣西去。」

「芸姨，妳是怎麼知道那批鴉片是廣西的呢？」唐十一「唰」地站了起來，他從內口袋裡抽出一份報紙，扔到了桌面上，「算了吧，何必繼續狡辯，就算這批鴉片不是妳的，那在上海新開的公菸館又是怎麼回事？我有份新鮮出爐的申報，上海那邊寄過來的，開張剪綵的圖片拍得芸姨妳還挺漂亮的呢！」

「唐十一，我殺人的時候你還在你娘的肚子裡呢！」

蔣麗芸猛地上前一步就想捉住唐十一，唐十一一踹椅子把她隔開了，「芸姨！妳是長輩，何必搞得那麼難看！」

其他幾個少爺也幫著勸，但是蔣麗芸被唐十一撕了面皮，已經不管什麼顏面了，她瞪著唐十一惡狠狠地說道：「今晚你不交出兵權，我保證你比我更難看！」

「芸姨，不是我自大，就算我交出兵符來，妳也未必能使得動那些兵痞。」唐十一皮笑肉不笑地說，「妳大可以試試殺了我硬奪，妳看周傳希肯不肯服侍妳蔣大奶奶，或者說妳蔣大奶奶打算如何服侍他？」

「好，小老虎長牙了呢。」面對唐十一的輕蔑，蔣麗芸倒是怒極反笑，她推開程鄭羅三家的少爺，從包包裡拿出一把小巧的勃朗寧女式手槍來，向著天花板開了一槍，「但是這個世界呢，乖孩子才有糖吃，不乖的就只能要一顆子彈了。」

「芸姨！」眾人大驚，大概他們都沒想到蔣麗芸會硬脾氣到要兵戎相見，又怕在這個節骨眼惹上人命是非，連忙朝唐十一勸說道：「十一！你不要胡鬧了！你這麼個二世祖敗家子懂什麼？芸姨是老江湖！聽芸姨的！快點交出兵符吧！」

「我就算是個二世祖敗家子，那家業也得由我自己敗，絕沒有交給外人敗的道理！」唐十一一動也不動地跟蔣麗芸對峙著，一刻都不敢鬆懈下來，生怕一個眼神就會洩露自己的底氣。

凝重得讓人透不過的氣氛被兀然響起的兩下槍聲打穿了，門口「碰」地一下被踹了開來。譚副官還是那麼面無表情地走進來，好像門口那兩個死人跟他完全無關一樣，隨之數十名手持槍械的士兵就湧了進來，「喀嚓喀嚓」地把槍口全對準了在場的人。

「唐司令，我們按命令來了，請指示下一步動作。」譚副官走到唐十一跟前，眼尾瞄了一下蔣麗芸，「放下槍。」

「……」蔣麗芸未料到唐十一早已安排兵馬接應，只能暫時服軟，垂下了手。

譚副官收回視線，又一次向唐十一說道：「唐司令，請指示下一步動作。」

「不許傷害這裡的人，五十人送我回家，其他人收兵回營。」唐十一鬆了一口氣，又向四面的叔伯長輩作了揖，「十一今天無意冒犯，但有人撩起事端在先，驚動各位了，以後飲茶算我的。現在十一先告辭了，各位請。」

被黑洞洞的槍口指著，眾人除了點頭都做不出其他反應了。唐十一大步走出和平飯店，直到上了車，才垮下了僵硬的身子，靠在座位上擦汗，「譚副官，你怎麼知道要來接應我？」

「是白先生說司令你讓我們去的，不是嗎？」譚副官一愣，「他說你會以槍聲作提示……」

「白文韜？」唐十一頗感詫異，就算他從不知道什麼途徑知道了自己要來參加蔣麗芸的宴會，也猜到了這是一場鴻門宴，他也不可能神機妙算到知道蔣麗芸會先虛發一槍啊，「他在哪裡？」

「不知道，他傳過話以後就走了，說是十一爺你給了錢，他帶了話，就跟他無關了。」譚副官說，「他的確身攜鉅款，所以我相信了他的話。」

「我不是責怪你，譚副官。」唐十一深呼吸幾口，開了車窗，打算抽根菸讓自己冷靜下來，卻不想往外一看，就瞄到一個人影在路口縮了回去，他立刻大喊：「停車！」人已經開了車門往外跑了，「白文韜！」

前頭那個閃閃縮縮的人影聽見唐十一的叫喊，馬上就跑了起來。唐十一追了好一段也追不上，才氣急敗壞地朝身後跟著來的那些保鏢罵道：「還不給我追！」

「是！」其實也不能怪那些士兵，他們一見唐十一衝出車子，已經馬上就跟上來了，但他們也不知道他在跑什麼，只好跟在後頭。現在唐十一清楚下命令了，他們就明白了，連忙兵分三路堵截，不一會就把白文韜堵在了一條小巷裡，把他拎了回去見唐十一。

「放手！我自己會走！」白文韜左肩的刀傷被他們一扭一拽又冒出了血水，他掙扎幾下擺脫了那些人的鉗制，自己往唐十一的車子走過去。

唐十一已經靠在車門上等著白文韜過來了。待他走近，唐十一皺起眉來，向看著他的一個士兵問道：「他怎麼受傷了？你們動手了？」

「沒有啊，司令！我們只是捉住他，沒有上家伙！」那人連忙搖頭。

「我本來就受傷了，跟他們沒關係。」白文韜看了看唐十一，又別過臉去，「十一爺，從來都只有我捉賊的，今天倒是被賊捉了一次，請問有何貴幹？」

唐十一朝譚副官說了兩句，譚副官點點頭，把手下帶了開去，相隔五六步的距離守衛著。唐十一開了車門讓白文韜上車，「上車再說。」

「十一爺，我……」

「上車！」唐十一心情本來就不好，以前還硬端著的君子禮數現在都不管了，他皺著眉頭把白文韜半請半推地塞進車子裡。

「你幹什麼啊！我好歹是個員警，你別太囂張！」白文韜被人硬推進車子，在車座上摔了個滾，好不容易坐好了，肩膀還痛著呢，不由得也火了。我招誰惹誰了，我還救了你呢，怎麼反而被人像犯人一樣對待！

「你還記得你是個員警？」唐十一也坐了進來，把司機也遣到了車外才接著說道：「蔣麗芸是撈偏的，你一個雜差也敢來管？」

「你不要亂編排我，我哪裡有管過蔣家的事情。」白文韜轉了轉眼珠子，想要把這次發兵的事情推搪過去。

「譚副官都告訴我了，你還裝！」唐十一揪住他的衣領，「說，你是怎麼知道蔣麗芸會設局害我，又是怎麼知道她會虛發一槍嚇唬我的？說不出來我就當你是她派來的臥底，一槍斃了你！」

「唐十一你講不講道理！」白文韜推開他，「如果我是她派來的臥底我為什麼要救你！」

「你是怎麼知道的！」唐十一不依不饒。

「你當我是算命的還是問卦的？我哪裡會知道！我就是猜的！」

「猜?!我當你能猜到蔣麗芸想逼我這敗家子交出兵權，可你還能猜到她會先發一下虛槍？說！你是不是跟她合演的這場戲，想借此得到我的信任！」

「我要你的信任幹什麼！買菜還是買米?!」

「還嘴硬！」唐十一突然從腰間拔了一把手槍出來抵在白文韜額頭上，「說！」

白文韜卻幾乎同時就從後腰上拔了槍出來頂在唐十一下巴上，「別以為只有你有槍！」

外頭守衛的譚副官眼尖，連忙衝了過來。唐十一揚了一下手，讓他們不要過來，「員警下班了還配著槍，我明天得問問梁局長是不是員警規章修改過了才行。」

「……我配槍還不是想要是真的發生什麼事情，我就先發一槍替你擋下來，好引譚副官他們進來嗎！」白文韜真的覺得自己冤枉到了極點，負氣地把槍放開了，用力壓著自己受傷的肩膀止血，「我還裝成侍應混在大廳裡頭……真是好心遭雷劈，狗咬呂洞賓！」

「你罵人還押韻呢！」唐十一卻是「噗哧」一下笑了，收起槍，伸了個懶腰，「白先生原來是受硬不受軟的，早知道一開始就不用跟你這麼客套了。」

白文韜愣了好幾秒才臉紅耳赤地反應道：「你套我話?!」

「誰讓你一見我就跑，好像我會吃掉你一樣。」唐十一摸出手帕來，拽著他的手幫他包紮傷口，「幫了我這麼大的忙，不來邀功反而逃，白文韜，你到底是個什麼人？」

「我就是個蠢人！一次次被你耍著玩！」白文韜卻用力撥開了唐十一的手，「你一時是個花花公子，一時是個半吊子司令，一時是個好老闆，一時是個好朋友，一時又是、又是……我才真的想問一句你唐十一到底是個什麼人呢！」

「一時又是什麼？賣鴉片的大毒梟？」唐十一看他不領情，也就算了，手帕也沒有收回來，就任由它掉落在兩人中間，倒像劃開了楚河漢界一樣，「你如果真的那麼厭惡，何必又來救我呢？」

「我怎麼知道我為什麼要救你，反正我就不想明天看見你橫死街頭的頭條，或者幾天以後從海珠橋下面浮了你的屍體上來。」白文韜本來是想繼續多罵兩句的，但一回頭看見唐十一凝眉冷眸的樣子，就有火也發不出來了，「可救你歸救你，其實我也覺得你應該走的。」

「我不走，我要留在廣州。」唐十一還是咬定青山不放鬆。

「十一爺，我不是那班人，我是真的當你是朋友才勸你走的。」

「我知道你是為我著想，但是我手下有五千張嘴，張張嘴都要吃飯的。在廣州我還能想盡辦法去養活他們，到了別的地方，我初來乍到，人強馬壯，口袋有錢，人家的地頭蛇會歡迎我嗎？到時候比在廣州還慘！」

「那你一個人走啊！」

「放著他們五千人在廣州當無業流氓？白警官，我怕你到時打不過周傳希！」

「你腦筋怎麼就是不會轉彎呢！你擔心自己的軍隊受委屈，你難道不擔心他們跟著你當漢奸?!」

「算了算了，我們不要吵了，傷感情！」唐十一擺擺手打斷白文韜的話，「廣州所有的大家族，死的死、逃的逃，早晚都會走光，但唐家不會。我唐十一不會做出拋棄家鄉的事，我一定要爭這口氣，把廣州守住！」

「人都走光了你爭氣給誰看！」白文韜覺得唐十一倔起來跟自己有得拚，「難道你真的想以後一塊紀念碑大大地寫上『唐十一』三個字?哈，真是夠爭氣的，爭一口死牛脾氣！」

「白文韜！別以為救過我就可以對我指手畫腳！」唐十一也生氣了，他猛地往他那邊一傾身。白文韜以為他要動手，連忙往後仰，誰知道唐十一卻是傾過身子來開了他那邊的車門，「你走吧！我不用你管我！」

「你別鬧脾氣啊！」白文韜哭笑不得，是誰把他捉回來的?

「你當你是什麼人?真值得我唐十一交朋友?」唐十一說著就把他往外推，「我只是在利用你，你又不是不知道！」

白文韜覺得自己今晚被淋的冷水真是夠多了，而這一句卻不只是冷水，簡直是冰錐，直直插中了他的心窩。他鑽出了車子，彎下腰來咬牙切齒地對唐十一說：「好心遭雷劈，狗咬呂洞賓，我真沒說錯你！」

「滾！」

唐十一一腳踹出去，白文韜往後跳了一步，用力地往地上啐一口，氣沖沖地轉過身子大步走開了。

劉忠愕然地看著兩人爭吵收場，好一會才敢走過來問氣鼓鼓的唐十一：「老爺，現在去哪裡？」

「回家！」唐十一捉起那方手帕，使勁揉成一團扔到了車外的街道上。

農曆五月十五，北帝廟的露天戲臺子照舊安排了神功戲來酬神。但最近大家都流行去戲院買票看戲，而更多的年輕人對西洋電影更有興趣，於是來看戲的人就稀少了，任由那臺上的梁山伯祝英臺肝腸寸斷，不知道那些過路的拜神的人當中，有多少人真的能感受到一分半點的悲戚。

寥寥落落的觀眾裡頭，一個年輕男子格外醒目，他隨著那主角的唱念搖頭晃腦，祝英臺唱道「我樂得君正直，甘願愛心牽」的時候他不住地嘆氣，演到祝英臺送梁山伯玉佩為念的時候，眼睛都紅得快能流出眼淚來了。到梁祝一人一句唱出「君若殉情奴殉愛，願在奈何橋畔候嬋娟」的尾聲，他已經一邊使勁地抽鼻子一邊拍掌叫好了，連臺上的戲倌兒謝幕都特意朝他再作一禮，以示感激。

「白少爺，你又來看戲了？」一個紮著粗麻花辮的賣零嘴的花衫大姑娘笑咪咪地走了過來，在他桌子上放了一包橄欖。

「我早就不是什麼少爺了，杜鵑妳這個叫法怎麼十多年了都改不過來？」白文韜擱下一毛錢給她，拍了拍旁邊的位置，「歇一會吧，也沒多少人要妳招呼。」

「唉，自從那戲院蓋好了，大家都不來看戲了。還是白少爺好，總來陪我。」那花衫大姑娘杜鵑把零食簍子卸下來，坐了。

「我一出生就聽著這神功戲，我娘說我要是一晚聽不見鑼鼓響，準會哭鬧著不睡覺！」白文韜笑呵呵地把橄欖扔進嘴裡嚼，「今天這戲班是新的啊，水雲樓怎麼不唱了？到別的地方搭臺了？」

「白少爺你最近沒怎麼來，所以不知道，那水雲樓的花旦抽鴉片抽得太厲害了，嗓子全毀了，被他們班主綁在家裡戒毒，結果熬不過，上吊自盡了呢。」杜鵑壓低了聲音，畢竟不是什麼光彩事。

一聽「鴉片」白文韜就不自在了，「這廣州的菸館不是都關了躲日本人嗎？怎麼還……」

「有錢人哪怕弄不到呢？而且那些癮君子發作起來，什麼都做得出來，太恐怖了！」杜鵑作個打冷戰的姿勢，「白少爺你一定要把那些賣鴉片的都捉起來，他們真的是大壞蛋！」

「……哪能這麼容易呢？」白文韜聳聳肩，臺上的鑼鼓又起了，這回唱的是《樊梨花三擒薛丁山》，兩人也就看起戲來，不再說話。

但白文韜明顯沒有之前看《樓臺會》那麼投入了，他心裡想著唐十一那批鴉片。

已經三天了，蔣家的鴉片菸館還是沒有開，也不見他另起爐灶開菸館，難道他打算全當私菸賣？也不對，之前蔣家為了一家獨大，塞了不少好處給梁偉邦，讓他們把全廣州的私菸館都給端了，唐十一就是想賣，也沒有買家啊。

他囤著這些鴉片幹嘛呢？囤積居奇？

「好！打得好！」

正納悶呢，就被旁邊叫好的杜鵑嚇了一跳。白文韜看杜鵑兩眼發亮地盯著臺上演薛丁山的武生，就順過去看了一眼。嘿嘿，是挺英俊的，難怪啊～白文韜掩嘴偷笑了一下，方才的苦悶也消散了些。罷了，唐十一都說了不要管他了，他幹什麼還要擔心他的事情呢？還是看看戲喝喝茶，吃吃零嘴逛逛街，過過安樂的小日子算了。

三臺戲做完，天色已經絳藍了。白文韜今天休息，也不趕著回去，便蹬著自行車漫無目的地到處走走逛逛，不覺就來到了郊外。夏夜多蚊蟲，他就不學人家附庸風雅看夜景了，趕緊調轉方向打道回府。

騎到半路，明亮的車頭燈光迎頭照來，白文韜趕緊靠到路邊躲避。那開車的司機也不怕山路崎嶇天色昏暗，依舊開得飛快，可即使如此，他還是看得清清楚楚，那司機就是唐十一。

這個時辰上山，還自己獨自駕車出來，他要幹什麼？

車子過去以後，白文韜佇在原地猶豫了好一會，終於還是一跺腳，騎著單車沿著車轍追了上去。追了差不多十分鐘，才看見唐十一的車停在半山腰裡一片光禿禿的大泥地上，車頭燈開著，只見那白慘慘的燈光中，唐十一正拿著鏟子往地上挖。白文韜躲在一邊，心想難道殺人了來這裡棄屍？

不對，十一爺要殺人還用得著自己動手、自己處理嗎？這麼想他簡直是侮辱了他還有自己的智商。白文韜搖搖頭，決定還是看下去。

唐十一要挖的東西埋得不深，一會就露出來了，遠遠看過去是一個大木頭箱子，跟那天他裝鴉片的箱子很是相似。白文韜詫異了，為什麼要把鴉片埋到這裡來？既然埋了應該就是要藏起來一段時間的，為什麼才過了兩天又挖出來了？

唐十一扔下鏟子，回頭到車尾箱裡拿了一個鐵皮桶，擰開蓋子就把裡頭的液體倒在木箱上。刺鼻的火油味飄了過來，白文韜再也藏不下去了，他快步跑過去，唐十一聽見腳步聲一回頭，手上的鐵皮桶就被搶了。

白文韜扣著他的右手腕質問了起來，「你到底在搞什麼！這東西很危險的！！！」

唐十一左手險些就拔槍了，還好先聽見了聲音，認出是白文韜。他皺著眉頭喝道：「放手！」

「告訴我你到底想幹什麼，我就放！」白文韜看了一眼那箱子，果然就是那裝鴉片的，「你瘋了，你要燒掉這批鴉片？」

唐十一使勁想把手腕拽出來，但白文韜偏偏也跟他較勁，就是不放手。唐十一急了，厲聲罵道：「你不是說不想再跟我有關係，只想過你的小日子嗎！你來管我幹什麼？放手！我的事跟你沒有關係！」

「燒了這鴉片，你覺得他們會放過你嗎！」唐十一的對頭太多，於是白文韜一概用「他們」來統稱了。

「你不說，我不說，誰知道是我燒的。」唐十一鬥力氣鬥不過他，便乾脆放軟了手。他挨到白文韜跟前，盯著他的眼睛說道：「開個價錢給我，然後放手，馬上離開，當今天什麼都沒看到，你明天就可以看見我的承諾。」

白文韜千想萬想都想不到唐十一會跟他說這樣的話——沒錯，收錢辦事，銀貨兩訖，他不就是想這樣而已嗎？他本就與他不同一路。

可是明明不同路，他也還是捨不得。

白文韜鬆了手，推開他，自己走到那箱子邊上，把剩下的火油都倒下去，連那鐵皮桶都扔了進去，然後回頭來對唐十一伸出手，「打火機？」

「……你想好了沒有？」唐十一咬牙問道，「你不要你的安樂日子了嗎？」

「沒有打火機，火柴總有吧？」白文韜笑了，「認識你以後我哪天安樂過了？也不差這一次。」

「別把我說得像陀衰家一樣。」唐十一嘴角彎了起來，隨之整副沉著凝重的神情都消融了，露出了惡作劇一般的笑。他從口袋裡掏出一個打火機，打上了火，走到白文韜身邊，「兄弟，搭把手？」

「好啊！」白文韜把自己的手也握了上去，指尖上傳來微灼的熱，不知道是打火機的熱，還是唐十一手掌的熱。

唐十一跟白文韜互看一眼，挑釁一般的笑意同時在兩人的嘴角泛開，「陀哀家！！！」

隨著兩人這麼一聲大喊，打火機便砸向那淋透了火油的鴉片。洪洪大火沖天而起，兩人連忙後退了幾大步，唐十一從口袋裡拿出一把勃朗寧女式手槍，用力扔到大火旁邊，才拽著白文韜上車，快速駛離那縱火地。

白文韜在車子裡還一直扭頭往後看，「哎，你說那麼大的火要什麼時候才能撲滅？」

「不知道，但我知道撲滅的時候，那些鴉片一定都沒了。」唐十一似乎非常高興，唇邊止不住的笑，「你坐好，別老是往後面看！」

「我高興啊！鴉片這種害人的東西，我早就想把它們都燒……」白文韜話到一半，又噎了回去。

「我知道你想說什麼。」唐十一的笑意淡了下來，「我爸也知道那是傷天害理的東西，所以他不讓我、也不讓別的叔伯碰這個，就挑蔣家那體弱多病的叔叔，說橫豎蔣老爺沒有子孫，不會遭報應。」

「但就算你燒了這一批，也還是會有後續的。廣州本地的撈家[10]不做，也會有香港澳門佛山的撈家過來賣，你燒不了多少次。」

「我會有辦法的，你放心吧。怎麼樣，現在是送你回去員警宿舍，還是你有別的地方要去？」唐十一打住了這個話題。

「送我回去吧。我本來就只是來看神功戲的，再晚回去那班八公又多話了。」白文韜也知道此事不宜多說，就順著唐十一轉移了話頭。

「果然是看戲的，難怪那時候能謅出那麼些話來。」唐十一樂道，「那下次我請你看戲好了。中秋的時候我去請個省港班來演一臺，你喜歡看文戲還是武戲？」

「別別別，我最怕跟別人一起看戲了。」白文韜卻是搖頭擺手地拒絕。

10 廣東話俗語，代指黑幫分子。

「為什麼？」唐十一不解，「你不喜歡省港班的，我可以請本地的……」

「不是，十一爺你別忙活了，我就是個外行的，哪裡有資格挑剔別人好不好。我只是、只是……」白文韜欲言又止，好像還臉紅了起來，「我看戲的時候很投入……我怕會嚇到你……」

「笑話，幾十把槍指著我我都沒怕過，你能嚇到我？」唐十一不信，「快點從實交代！」

白文韜撓著髮尾支支吾吾地說：「我看戲會又笑又哭，大叫大鬧的……」

「就是臺上演什麼，你就作什麼反應？」唐十一瞄他一眼，「沒看出來你這麼多愁善感啊？」

「嘿，我看樓臺會哭得比梁山伯還厲害呢！小桃還說……」白文韜頓了一下，燒了一把鴉片而惹起的豪情激動這時才全都冷下去了，「她說你演你的梁山伯，我才不要做祝英臺……結果她才是先走的那個，她才是梁山伯呢！」

「嗯。」唐十一也冷靜了下來，只應和了一聲，就再不說那日後如何的話了。

一路無話，到了員警宿舍，唐十一把車停在距離有些遠的地方，「到了，去吧。記住你今晚沒見過我，也沒有做過任何事情。」

「知道了。」白文韜下了車，又回過身來扒著車門問，「十一爺，剛才的問題你不想回答，那這個問題你總可以回答吧？你為什麼還是叫我白先生呢？」

「你不也還是叫我十一爺嗎？」唐十一笑著搖搖頭，指指員警宿舍的方向，「晚了，回去吧。」

「哦……那晚安了。」白文韜直起身子來關上車門，唐十一便開車走了。白文韜看著他的車子拐彎消失，嘆了口氣自言自語道：「明天的新聞紙上會寫什麼呢……」

第二天廣州的日報只給很小的篇幅，報導了一場奇怪的郊外大火，但是記者在最後又別有用心地說了句「而現場留存的證物似乎指向著一個大人物，就不盡可知了」。

那所謂的「證物」自然就是說唐十一扔下的那把女式手槍，然而此時它並不在警察局，而是又回到了唐十一的手上。

蔣家老爺蔣火生雖然百病纏身，但蔣麗芸卻是真心實意跟著他的。蔣火生多數時候不管蔣麗芸怎麼打理生意，但偶有意見的時候蔣麗芸一定聽從，這麼多年了倒是對模範夫妻。這天早上，蔣麗芸陪蔣火生到醫院復診回來，前腳剛剛踏進家門，唐十一後腳就帶著一班叔父踩上了蔣家的門。

「唐十一！你爸沒告訴你任何生意都不能進蔣家門來嗎！」蔣麗芸以為唐十一是來追究的，就要發火攆人，「有什麼事我們外頭談！」

「芸姨，妳誤會了，十一今天是來給妳磕頭認錯的！而且還得當著生叔的面前給妳道歉！」唐十一卻是好聲好氣了起來，他硬是越過蔣麗芸闖進了蔣家客廳，後面的人也都跟了上來。蔣麗芸攔不過，只能快步回到丈夫身邊。

「十一，好久不見，你這是給長輩問好的架勢嗎？」蔣火生拿拐杖敲了敲地面，瞇起眼睛來看著這群來勢洶洶的人，「各位叔父也久不見了，是要來怪火生這麼久都沒來走動拜訪嗎？」

「蔣老爺你可別誤會，今天呢，我們是陪客，是十一說他有很重要的事情必須讓大家作個見證，我們才來的。」一個四十出頭的男人解釋道。

「十一，什麼事情這麼重要，要打擾到這麼多叔父？」蔣麗芸額上冷汗都冒出來了，自己在上海搞私菸事小，逼唐十一交出兵權事大。蔣火生跟唐鐵是拜把子的兄弟，她這麼迫害唐十一，肯定得挨蔣火生的罵。

「芸姨，前幾天妳好心為幾位打算另謀出路的兄弟餞行，被我的一些胡亂猜測給搗亂了。現在十一搞明白了，自己冤枉了妳，所以必須請各位叔父作證，親自上門道歉。」唐十一說著就跪了下來，旁人連忙去拉他，他卻是怎麼都不願意起來，「各位，前幾天我知道了芸姨要從廣西運鴉片過來，以為她變節了要勾結日本人毒害同胞，就火遮眼了，逮著一張看起來像的報紙就來質問芸姨。那哥們昨天來電話了，說這照片報館用錯了圖片，這是芸姨為上海慈善院剪綵，不是菸館。而那批鴉片，昨天晚上被人一把火燒光了，在火災現場找到了這把槍。」唐十一讓權叔把那把燒得黑乎乎的女式手槍擱到茶几上，「這把槍各位都認得吧，就是芸姨那天指著我的那把。」

「嗯？」聽到唐十一說蔣麗芸拿槍指著他，蔣火生皺著眉頭看了她一眼，蔣麗芸連忙解釋道：「我那天是嚇唬他的，哪能來真的呢！十一、十一你說是吧？」

「我說了很多過分的話，芸姨責罰我是很應該的。」唐十一繼續說道，「我問了廣西那邊的人，這批鴉片是黑市能買到的華南地區的大部分鴉片，下一批要等三個月後才會運到。芸姨全部買下來，然後居然是一把火燒了！看到這把槍的時候，我就知道我錯了！我錯得非常徹底！」

蔣麗芸一愣，不知道唐十一為何要塞她這麼一頂高帽，只能「嗯嗯哦哦」幾聲來應付。唐十一跪了過去，拉著她的手抬起頭來看著她，清亮的眼睛泛起了水氣。

「為了不任日本人威脅、賣鴉片毒害自己的同胞，竟然親自毀了自己的家當，我爸說得對，芸姨妳果然巾幗不讓鬚眉！唐十一服了！」說著，他突然站了起來，對著一班叔父大聲說道：「你們聽著！蔣家大奶奶都能帶頭燒鴉片了，我們還能繼續賣嗎?!從此廣州不會再有鴉片賣！誰賣，誰就是跟唐家蔣家過不去！我們不賣，也不能讓任何過江龍來賣！來一個斃一個，來兩個斃一雙！你們要是連一個女人的膽氣都沒有，就給我滾出廣州！清楚了沒！」

眾人被唐十一這麼一吼，頓時呆住了。蔣麗芸燒鴉片？蔣家竟然燒了鴉片改行作正當人家?! 太陽從西邊出來了嗎?!

見大家愣著沒有反應，唐十一不滿地提高了音量，「清不清楚?!」

「清楚、清楚……」那些人如夢初醒，也發現唐十一並不是在說場面話，只能呢呢喃喃地回應。

「聽不見！」唐十一大聲喝道。

「清楚！」這下是整整齊齊的大聲回答了。

蔣火生的眉頭還是皺著，他回頭去看自己的妻子。他當然知道自己的妻子不會做出唐十一口中的那些大仁大義的事情，但看蔣麗芸的神色也不對頭，便不動聲色，「十一，你說的事情，全看麗芸意思。麗芸，妳有什麼話要講嗎？」

蔣麗芸被唐十一硬扣了這頂高帽，坐實了一個「堅決不與日本人勾結賣鴉片」的英雄名號，真是承認也不是、否認也不能了。她僵著臉勉強笑了出來，上前去扶起唐十一，在他耳邊悄聲說道：「你這隻小老虎，不學你爸實打實地打江山，就學這些虛的拋浪頭功夫。」

「要把浪頭拋得好也得花不少功夫的，芸姨。」唐十一也悄聲回答了，他站起來，又對蔣火生行了個大禮。蔣麗芸說了些「以和為貴」之類的話，就打發眾人離開，唐十一便領著那班叔父走了。

蔣麗芸跌坐在沙發上，好一會才抄起一個杯子用力地砸在地上，「唐十一！你有種！」

「麗芸，這小老虎睡醒了，我們惹不起了。」蔣火生知道她被人擺了一道正生氣，便拍拍她的背安慰道：「反正我們不久就退到重慶去了，就看他一個人怎麼在廣州風光吧。」

「我這次被擺得心服口服，他也厲害，裝糊塗裝了二十年了。」蔣麗芸要是早知道唐十一那溫柔明媚的眼睛裡頭有這麼多的算計，那天在醫院她就不會幫著他接手傳易遠，「不愧是戲子養的……」

「麗芸！」蔣火生打斷她的話，「不准這麼說嫂子。」

「啊，對不起，我一時生氣就亂講話了。好了好了，我不去想這事了，你別生氣。」蔣麗芸見丈夫生氣了，連忙順了他的意思不再忤逆。

此後兩人靜養休息，不再理會生意的事情，專心安排搬移的事情，不消三天，就出發去了大後方。

這是後話，再說唐十一逼著全廣州的撈家答應了不賣鴉片以後，山本裕介就再也坐不住了。他逼問唐十一到底什麼時候答應他做商會主席，唐十一這次不再推辭，他說明天晚上在愛群酒店裡作東設宴，邀請山本裕介以及幾位有地位的日本軍人一同飲宴，到時一定給他滿意的答覆。

唐十一讓人送山本裕介出去以後，拿起電話來，「喂，請問是南局警察局嗎？我找白文韜。」

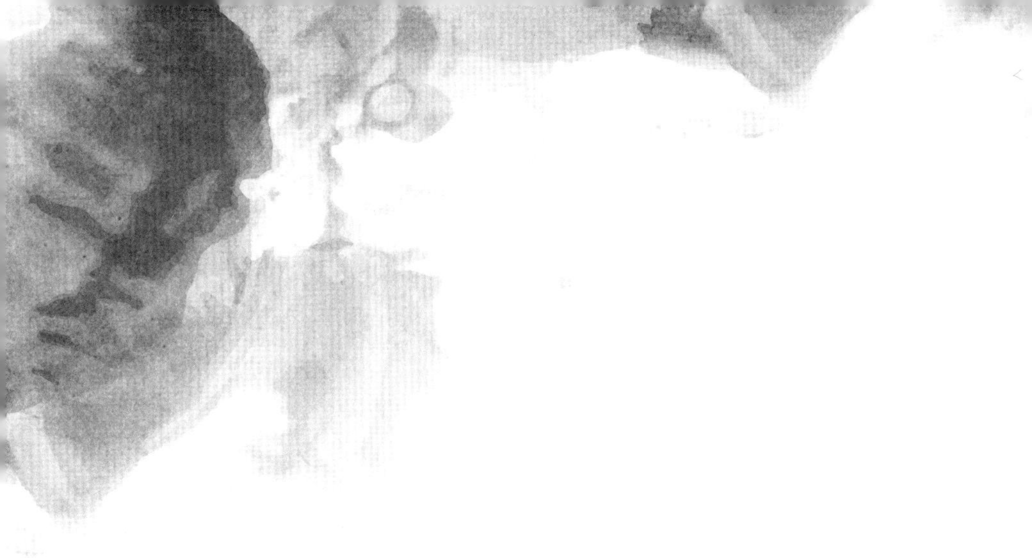

第七章

白文韜站在平安戲院門口，身上的西裝勒得他渾身不自在，他解了最上面的兩個釦子，東張西望地等著唐十一來。戲院對面有家理髮店，理髮店的大鏡子正好對著他的方向，他瞅了兩眼鏡子裡的自己，不由得又得意了，腰板也挺直了些。「叮鈴鈴」的電車跑過，車子上的一群女學生竊竊私語地圍聚在一起，都偷眼看他，他咳兩聲，故意轉了幾下身子，讓她們看個夠。

白文韜一直知道自己長得頗為英氣端正，只是平常無暇打理，自從上次穿了唐十一的西服以後就更加自戀了些。只是平日他就算自戀也沒有對象欣賞，今天難得有人看，他自然樂意表現得更加俊朗瀟灑。

唐十一今天沒坐車子來，他叫了黃包車，於是老遠就看見白文韜端著一副器宇軒昂的樣子在戲院門口佇著，好像要跟戲院掛出來的電影海報裡的男明星比一比似的，不禁笑了起來。

他下了車，好整以暇地打趣道：「喲，白先生，今天心情不錯嘛，穿得特別精神。」

白文韜見唐十一故意恭維他，便也厚著臉皮接受了，「都是托十一爺的福而已！」

「給你三分顏色，倒是開起染坊來了？」唐十一挑了下眉毛，饒有興味地看他一眼。

「我這不是順著你的話講嘛！」白文韜裝不下去了，「噗哧」一下笑道：「你十一爺約人真奇怪，人家看戲都是晚上看，你卻大白天約我看戲。」

「你又不是女明星女學生，我幹嘛約你晚上去看戲呢？」唐十一笑了，指了指掛在戲院門口的水牌，「今天演的就是梁祝，我就看看你能不能把我嚇到。」

「原來你不是要看戲，是要看我出醜！」

「走啦走啦。」

唐十一看戲，自然是坐包廂。兩人落座不久，就有小廝來捧上毛巾茶水，又問唐十一要不要什麼點心零嘴。唐十一讓白文韜點，白文韜說要兩包橄欖就好，惹得小廝一陣詫異，唐十一便塞了十塊錢小費，打發了那小廝走。

「那小廝肯定是新來的，一點規矩也沒有。」唐十一為白文韜斟上茶。

「我沒事，你不用安慰我。」白文韜倒是豁達，「換了我，我也喜歡出手闊綽的客人。他只是看我衣著光鮮，所以誤會了我是什麼大爺，才那麼失禮吧？」

「你怎麼不是大爺了，你白文韜在我心裡，比全廣州的大爺都大爺！」

白文韜差點就嗆著了，「這恭維過火了吧？」

「你可是第一個罵我是狗的人，你說你大爺不？」唐十一笑著說。

「我發現你還挺記仇的啊十一爺！」

說笑間，鑼鼓已經奏響，兩人便不再笑鬧，專心看起戲來。演的還是《樓臺會》，白文韜初時還克制著，看著看著就入迷了，搖頭晃腦地跟著小聲唱了起來，指頭在椅子的把手上一點一拍，都是踩著工尺[11]的。唐十一看他如此入神，也沒著意提醒他。他靠在椅背上，捧著一杯茶，瞇著眼睛往前看，一半看戲，一半看白文韜。

不過白文韜也沒有像他說的那樣誇張，不過是神情跟戲臺上的角色相應和了而已。看完了戲，唐十一跟他在街邊的冰室坐下，「你也沒多誇張啊，還是說你今天故意克制著，沒入戲？」

11 中國傳統記譜法，以此編成的曲譜，稱為「工尺譜」。

白文韜從戲院出來以後就一直皺著眉頭，他自己也奇怪，但又不像是為梁祝的故事而傷心，反倒是有些不暢快了起來，「我也不知道，今天我聽這戲，突然覺得心裡鬱悶。」

「怎麼，這戲班唱得不好？」

「也不是，唱得比那些唱神功戲的草臺班子好多了。但是，我就是感覺鬱悶。」伙計端上來兩盆刨冰，他就低下頭去挖了一大勺子，刺刺的冰冷直貫心胸，他才長長地「唉」了一聲，好像在抒發什麼愁怨一樣。

「哎，白先生，我今天請你看戲是答謝你的，可你看戲之前生龍活虎的，看完戲反而唉聲嘆氣，這叫我如何是好？」唐十一胃不好，拿著調羹一小口一小口地把冰都含化了才吞下去。

「沒有，我只是今天突然開竅了。」白文韜放下調羹，眉頭舒展開來，但神情還是非常認真的，「《樓臺會》我聽了不下三十次，可是這次我終於開竅了。我剛才嘆氣，是在為祝英臺不值！」

「嗯，這話怎麼說？」

「你看這梁山伯，三年同窗沒發現人家是小姐的是他，約好了定親日子卻遲到的還是他，他還好意思責問祝英臺為什麼不拚死反抗婚約。祝英臺贈他玉佩紀念，他負氣不要，祝英臺想多看他一會，他又不肯，只叫人家陪他去死。他又為祝英臺做過些什麼呢？他敢不敢帶著祝英臺私奔，一起對抗馬家的強豪？十一爺，你說，祝英臺是不是很不值得？」

白文韜一口氣把胸中的鬱悶都說了出來，語氣認真得唐十一都不由得思考了起來，他咬著調羹想了一會，「你要這麼分析起來，真的是挺不值得的。但對於祝英臺來說，我想她根本連值得與否都沒有去想。」

「沒有去想？」

「當你開始去想一件事值不值得的時候，其實你已經想要放棄了。」唐十一無奈地笑了笑，「祝英臺不會放棄自己的愛情的，所以她拚了命都要讓它圓滿。我們這些局外人，還是不要瞎操心了吧。」

白文韜聽了唐十一的話以後，就低著頭吃冰不說話。唐十一吃了兩口，便從口袋裡拿出兩卷用橡皮筋紮好的鈔票，塞到白文韜手裡。

「十一爺？」白文韜詫異地看著那兩卷鈔票，這起碼有兩千塊，「幹嘛給我這麼多錢？」

「你今晚回去收拾一下，晚上七點半有一班到香港的船。我打過招呼的了，你直接上船就可以了。」唐十一看著他坦然一笑。

「你自己不走，卻要我走？」白文韜把錢塞回去，「這道理說不通吧？」

「我留下是因為我留下能過得好，你要走是因為你留下會過不好。」唐十一見他不肯收錢，索性坐到他身邊，挑開他的西裝外套，把錢塞進裡頭的暗袋裡，「你答應我吧，你留在這，我不放心。警察局那邊我去說一聲就好了，你今晚就到香港去吧，替小桃把她沒來得及過的好日子過了，好不好？」

最後一句話分量很重，白文韜抿緊了嘴唇，沒有把錢退回去，也沒有說到底願不願意離開。過了好一會，他不管唐十一「白先生、白先生」地喊他，徑直就跑了出去，跳上一輛正好到站的電車消失了。

唐十一嘆口氣，他那碗刨冰已經差不多都融成水了。

愛群飯店還是跟從前一樣的好氣派，經理一邊替唐十一倒紅酒，一邊不忘宣傳他們樓頂正在裝修一個玻璃旋轉餐廳，屆時開業還請十一爺多多關照。

唐十一點頭應和，這時已經過了約定時間十五分鐘了，但他邀請的人還是沒有出現。

唐十一今天早上看到了新聞，安慶已經淪陷，想必此時山本裕介正在軍部為日本皇軍的勝利而興高采烈，也認為自己已經有足夠的本錢反過來對唐十一擺架子了吧？無妨，他已經習慣被人輕視很久了，而那些輕視他的人，通常都沒有好下場。

唯一一個輕蔑過他現在還安好的人，是白文韜。

唐十一站了起來，走到玻璃窗前，在橙色街燈映照下的黑色珠江一直往東流去。

七點半的船已經開出了吧，白文韜上船了嗎？

他總捨不得白文韜，一開始是捨不得他那手好字好詩，然後是捨不得他那伶俐的身手跟口才，再然後是他那連看戲都要認真思考的痴勁。

白文韜像個總會給他驚喜的新鮮玩具，所以他捨不得他被毀了。

他要保護好他。

兩輛車頭上插著日本國旗的轎車在愛群酒店門前停下，唐十一便整了整衣服走到門前去候著。片刻後，山本裕介就精神爽利地帶著七八個軍階不低的皇軍大步踏進了宴會廳，看見唐十一來迎接，他很驚訝地向自己的手下說：「哎呀，今天唐老爺竟然親自來迎接，真是稀罕啊，真難為唐老爺為我們紓尊降貴了！」

唐十一在他們一片訕笑聲中自如自若地回答：「我們中國人講究來者是客，今天既然我作東，自然沒有怠慢的道理，請上座。梁經理，可以上菜了！」

「唐老爺，我想你已經準備好你的答案了吧？」山本裕介等人入座，幾個侍應生上前來為他們鋪餐巾，又替他們倒了紅酒。

「既然請各位來了，自然是山本大佐希望得到的答案。」唐十一舉起杯子來作個祝酒的動作，「祝願我們合作愉快！」

「稍等。」唐十一正要先飲為敬，山本裕介卻喊停了，他把擺在自己跟前的杯子拿起來，跟唐十一的調換了過來，「唐老爺不介意跟我換個杯子吧？」

「當然不介意，我知道你們的茶道都是怎麼來的。」唐十一笑了笑，好像在嘲笑他以小人之心度君子之腹似的。

山本裕介卻不以為意，「你們不是有句話，叫防人之心不可無嘛。」

「哈哈，山本大佐的中文學得不錯。沒錯，防人之心不可無，十一不會介意的。」唐十一乾笑兩聲，就把酒杯擱到唇邊，慢慢把紅酒喝光了。

唐十一不知道自己算不算一個品酒專家，可他知道自己喝酒的姿勢一定是貴族級的。臉容放鬆，捏著杯子的手指修長白皙，脖子跟喉嚨的起伏與紅酒消失的速度恰如其分，既不會讓人覺得狼吞虎嚥，也不會給人裝模作樣的厭惡。看著他喝酒，會覺得那酒都香醇了幾分。日本的軍官們看見唐十一喝了，不禁也雀躍地試起了酒。

唐十一不疾不徐地喝完自己那杯，放下杯子來拿餐巾擦了擦嘴，「山本大佐，你對中文那麼有研究，那你知不知道防人之心不可無的下一句是什麼？」

「我當然知道了，」山本裕介被那口感醇厚、香味馥鬱的紅酒由衷地打動了，招招手叫站在一旁的侍應生繼續替他添酒，「是害人之心不可有。」

「大佐果然厲害！啊，對了，所謂禮尚往來，既然我不介意大佐對我存著防人之心，那還請大佐不要介意我對你們存著害人之心了。」

唐十一還是笑著的，但山本裕介馬上就鐵青了面色，「唐老爺！你這話是什麼意思！」說著，就拔了槍往窗外放了一槍。

只聽見一陣整齊的跑步聲在樓下響起，唐十一臉色一變，趕忙跑到窗邊。只見大隊的日本軍隊從街頭巷尾湧了出來，泥黃色的制服把愛群酒店前門後門都圍堵了個密不透風。

「山本大佐你誤會了，我怎麼會對你動槍炮呢！」唐十一連忙擺手解釋，「你真的誤會了！」

「那你剛才說什麼害人之心！」山本裕介猛地站起來，正要向唐十一逼問，突然，站在他身後的侍應生猛然前撲，用手臂箍住了他的脖子。幾乎同一時間，在餐廳裡的幾個侍應生從褲腳處拔出匕首往那幾個軍官的脖子上割。雷霆之勢迅不及防，有兩個都沒有反應過來就被殺掉了，剩下的幾個也被他們幾招放倒了，甚至都沒有發出一下稍微大聲的呼叫。

那個用手箍住山本裕介的侍應生這時才開口道：「山本裕介，這一場還是我贏了。」

「這聲音……周傳希！」山本裕介奮力想掙扎，但周傳希一手箍住他的頸脖，另一隻手就把槍抵在他的太陽穴上，山本裕介不敢妄動，就向唐十一放狠話：「唐十一！你以為我死了，你還能活著出這個酒店嗎?!」

「一下槍聲都沒有，誰知道你們都死了呢?」唐十一慢悠悠地坐回椅子上去，「我不是說了嗎?我不會對你們動槍炮的，你們將會安靜地消失，就像從來沒來過廣州一樣。」

山本裕介冷笑一聲，「好啊，你儘管殺了我，我保證不到二十四小時，廣州就會變成一片廢墟！」

「司令！」這時，譚副官小跑著從門外進來，手上拎著一個血淋淋的布包。他跑到唐十一跟前，把布包往地上一扔，滾出來了一顆人頭，是留守在日軍本部的一個中佐，「任務完成！日本軍部已攻下，所有敵人全數槍決，三營正在處理屍體，天亮前一定完成。」

「不可能！怎麼可能？下面那些……」

「哦，下面那兩百人是吧？」周傳希架著山本裕介來到窗戶邊，唐十一也走了過來，他朝下面拍了拍手，只見那些身穿皇軍軍服的士兵馬上放下了槍，齊齊整整地向唐十一敬禮，齊聲大喊：「唐司令好！」

山本裕介雙目圓瞪，「不可能！這不可能！」

「山本大佐，你們離開軍部十五分鐘以後，我就讓人進攻了。跟著你過來的這兩百人，也早就在路上讓我掉包了。」唐十一揚揚手，周傳希就把山本裕介押到了窗戶邊上，半個身子都傾了出去。

「你殺啊！你殺了我，我們的總軍部三天之內收不到我的電話，就會知道廣州出了問題，馬上就會有大部隊來增援。我倒想看看唐老爺你那五千人能不能抵住我們千千萬萬的皇軍！」山本裕介雙眼通紅，哈哈大笑起來。

「不就是說日文嗎？」唐十一朝譚副官看了一眼，譚副官當即用與山本裕介頗為相似的聲音流利地講了一段日語，「我想你們的總軍部應該會很滿意他的彙報。」

「唐十一！你這個卑鄙小人！」山本裕介這時終於用力掙扎了起來，一手肘劈到周傳希的胸口上，幾乎打斷了他的胸骨。周傳希吃痛得倒退一步，本能反應就是一槍崩了他，但猛地想起了唐十一說過「不動槍炮」，只好一甩手把槍扔到樓下，再去跟山本裕介對打。

山本裕介一時脫身，就往唐十一衝了過來。譚副官想護主，卻被唐十一一把推開。眼看山本裕介就要撲到他面前了，唐十一從西裝裡拔出槍來，連開兩槍打碎了山本裕介的膝蓋。

「啊！！！」山本裕介慘叫一聲，鮮血淋漓地趴在了地上。他用力撐起身體，血紅的眼睛惡毒地瞪著唐十一，「你不講信用！這不公平！」

「信用？公平？在廣州，我唐家就是信用！就是公平！」唐十一用力揪著山本裕介把他拖到窗戶前，大聲地說道：「廣州不是沒人了！我唐十一還在，我唐家還在！我在這裡一天，就輪不到你們這些鬼子作威作福！你們來一個，我殺一個，來兩個，殺一雙！！！」

「殺！殺！殺！」底下的士兵士氣如虹，山本裕介第一次看到穿著皇軍軍服的人對自己喊殺，第一次看著那兩百把上了刺刀的槍對著自己聳動，竟是說不出話來了。

「去死吧，蘿蔔頭！！！」唐十一用力把山本裕介推了出去，底下兩百名士兵蜂擁而上，把山本裕介戳成了蜂窩。

「兄弟們！」唐十一朝他們大聲喊，「解恨嗎？」

「解恨！」

「過癮嗎？」

「過癮！」

「以後跟著我唐十一！保證你們天天過癮！一定解恨！」

「唐司令萬歲！唐司令萬歲！」

這一晚的珠江邊，到底是跟平常不一樣了。

唐十一以迅雷不及掩耳之勢端掉了廣州的日軍軍部，安排譚副官冒充山本裕介向日軍總部彙報軍情，順便也控制了廣州的新聞社，竟也完全蓋住了這個消息。一個多月來廣州全無異樣，人們歡天喜地之餘，也不禁被唐十一的氣魄鎮住了，大贊唐十一年輕有為，有乃父之風。連之前看不起唐十一，認為他是「二世祖」的生意人都紛紛來結識他，連小孩子都會唱「日本賊人蘿蔔頭，唐家一夜全剃頭」了。

其實日本總軍部之所以無暇顧及廣州軍情，唐十一做的功夫固然重要，但有很大原因還是因為瀋陽日軍遭受了重創，他們無暇南顧而已。唐十一不早不晚，就挑了這個時機發難，成了一時的亂世英雄，他自己也說不清到底是他有能力，還是全然的運氣好了。

農曆七月轉眼就到了，但「七月流火」這句話在廣州是行不通的。唐十一天天都是熱醒的，他又愛打扮，不肯像別人那樣套件白背心穿個大短褲，還是穿著西式襯衫，最多就穿個棉布的悠閒褲，自然就更熱了。於是他除了晚上都不出門，早上最多也就到公園乘涼散步，日子倒是自在。

他在殺了山本的第二天就去打聽白文韜的下落了，結果細榮告訴他白文韜交代下來說要去香港一趟，不知道什麼時候才回來。他一邊欣慰白文韜終於走了，一邊又止不住地懷念跟他認識的這段短暫、但絕對是自己一生中最風雲跌宕的日子。

七月初十，人們已經開始為七月十四的各種祭祀作準備，北帝廟的戲臺自然又開始日日夜夜的神功戲了。反正他們不是做給人看的，自然不會擔心上座率如何，照常請來戲班唱戲。

唐十一讓人送了初十到十四的節目單到他家裡，他也想去看看白文韜從小聽到大的所謂神功戲，到底跟在戲院裡唱的有什麼不一樣。他一眼掃下去，都是些《雷鳴金鼓戰笳聲》、《征袍還金粉》這樣的武戲，就只有一出《紫釵記》還合他心意，正好又是當天晚上，於是他便叫權叔替他收拾套涼快的衣衫，吃過飯就出發去北帝廟看戲了。

沒想到來看戲的人還是挺多的，車子開到了街口就因為人太多而不好前進了。唐十一下了車走過去，來到戲臺下時，直接就往第一排拿紅紙標注著「留座」的位子坐了下去。他們還是來得晚了點，都已經演到鏡合釵圓了。

「妾為女子，薄命如斯；君是丈夫，負心若此！韶顏稚齒，飲恨而終；慈母在堂，不能供養！綺羅弦管，從此永休；徵痛黃泉，皆君所致。李君李君，今當永訣矣！」

臺上，面容蒼白、病骨憔悴的霍小玉悲痛地控訴著李益，字字含恨句句斷腸，連暈厥在地的姿勢都充滿決絕的悲憤，觀眾都不禁拍手叫好。

但唐十一看在眼裡，除了欣賞，又是別有一番滋味在心頭了。

唐十一的母親是個戲子，被父親看上以後雖然從良了，但那戲癮還是在的。她在行的時候不紅，當不了花旦，也知道自己當不了花旦，所以嫁了以後就在家裡跟喜歡戲曲的街坊鄰里搞搞私伙局[12]，過一把花旦的癮。唐十一自小就一雙大眼睛，很是好看，小時候粉粉嫩嫩的，就被大伙揣掇著扮成了花旦，還給他改了個諢名叫「十一娘」。後來父親生氣了，怎麼能把他唐鐵的兒子當女兒養呢！大家才收斂了，再不敢拿他來玩鬧。

12 民間的業餘戲曲同好社團，表演時大部分不穿戲裝。

而那時候他被人揣掇著唱得最多的就是這齣《紫釵記》了。兒時的回憶湧上心頭，唐十一笑了，但複又想到那時候替他畫頭臉穿衣服的人正是小桃，那笑又不覺夾雜了幾絲苦楚。

但如果不是小桃，他也不會跟白文韜成為朋友。或許一開始他的確只是看在小桃的情面上對他稍加照顧，但如今，他已經當他是一輩子的朋友了。不管以後還能不能再相見，他都會記得他。

唐十一兀自百般滋味在心頭，偏偏就有人不懂觀人面色，頗煞風景地在他身後叫賣，「先生要不要些零嘴點心？蜜餞果脯、瓜子花生，還有新鮮的橄欖呢！」

「不用了。」唐十一不耐煩地擺擺手。

「西洋零嘴也有哦，剛剛從香港來的巧克力，還有元朗蛋卷跟花占餅呢！」那人卻還是積極地推銷。

「我說不用了。」唐十一隨手拿了一張鈔票揚到後頭去。

「十一爺，真的是剛剛從香港買回來的啊，你不試試看？」話音未落，那人就在唐十一隔壁的空座位上坐了下來，卻是多日不見的白文韜！

「你怎麼會在這?!」唐十一驚訝地瞪大了眼睛，「你不是去香港了嗎？」

「嗯，我是去香港了啊，安頓好小桃的媽媽以後就回來了。」白文韜一邊說一邊從袋子裡揀了幾樣零食放在茶几上，「這個叫巧克力的東西真的非常好吃！你不試試一定會後悔的！」

「我在英國吃膩了，你喜歡就自己留著吧。」唐十一太多事情想問，卻又不知道該從何問起，「你、你這段日子就是去香港安頓小桃的媽媽？」

「嗯，她原來在佛山，本來想說等小桃跟我結婚了，我們找個屋子三個人住一起……」白文韜聳聳肩，「她腿腳不好，又有白內障，所以我在香港替她找了一間老人院。老人家，終究得有人在身邊照顧才行。」

「那你之前問我拿的一千塊？」

「給她治眼睛啊。我在香港陪她做完手術才回來，所以拖延了些時間。」

唐十一終於明白為什麼他拿了那一千塊以後卻沒升官，也不見得日子過得好一些了，「你為什麼不自己留在香港照顧她呢？老人家需要一個親人……」

「因為我也要爭一口氣。」白文韜朝唐十一笑了一下，這笑容跟他從前的笑都不一樣，是一種終於認輸了的心服口服的笑，「你不是說我留在廣州會過不好嗎？我偏要留下來，還要過得比你還好！」

「這樣的氣值得爭嗎……」

「你這話就不對了，一個月前我說你要爭的氣沒用，結果你這口氣爭得全廣州都服了。現在你怎麼就認定我這口氣是不值得爭的呢？說不定也同樣驚天動地啊！」白文韜斂了笑，看著唐十一的眼睛說：「既然去想值不值得就已經等同放棄，那乾脆就什麼都別想，就按照自己的心意去做吧。你說對嗎，十一爺？」

響徹雲霄的樂聲歌聲都不及白文韜這一句話來得響亮，唐十一很久以後都還記得白文韜對自己說的這句「對嗎，十一爺？」，他不敢妄自為這句話加上形容詞，怕那都只是自己的自作多情。但在當時，他未及回答，就聽見臺上霍小玉那一句悲悲戚戚的「你又可知新人髻上釵，會向舊人心上刺」，頓時心頭所有的溫暖都凍成了冰，好像那就是小桃專門唱給他聽的一樣，寒徹心扉。

「十一爺？」白文韜見唐十一面色很是難看，便問道，「你怎麼了？」

「沒什麼，有點悶熱罷了。」唐十一拿起茶杯來喝茶，把視線轉向戲臺。

「哦，那回去以後記得喝點酸梅湯，解暑很好的。」白文韜說，「我明天回去就跟局長說想要做高級督察，不再受那隻癩痢狗欺負！」

唐十一別過眼睛來，還真的開始奮發上進了？「那我是不是應該預祝你升官發財，平步青雲？」

「什麼升官發財，還不是用你的財買我的官！」白文韜倒是不怕拿自己開涮。

「喲，那豈不是我養著你了？」唐十一揶揄道。

「哈哈，也對哦！」白文韜笑了，一手捉住唐十一的手，一手指了指臺上，「你看，我們不也劫後重逢、鏡合釵圓了嗎？」

這輕佻的調侃不過是無傷大雅的玩笑，然而唐十一卻是笑不出來了，他呆呆地看著白文韜，直看得白文韜也覺得他不對勁了。他回過頭來，正正地跟唐十一的視線撞在了一起。

唐十一的眼睛一直都是清澈透亮得像山泉水，所以無人明白他到底藏了些什麼在心裡；而現在白文韜才曉得，那樣的單純也是一種偽裝——此時唐十一眼裡充滿了各種無法細分的情緒，驚訝、喜悅、迷茫，甚至還有一絲絲的害怕。這些情感在他面前毫不忌諱地流露了出來，漩渦一般拉著他往裡跌，一直跌到了盡頭，清清楚楚地看見了，看見了唐十一的眼裡，只有他白文韜。

這一眼把兩人心裡的迷思照了個通透，連相握的手都迅速熾熱了起來。好一會，白文韜才猛然放了手，別過臉去躲開唐十一的凝視，「咳，這天氣真的挺熱的……你要不要喝汽水？那邊有賣，我去買兩瓶過來。」說完也不等唐十一回話，「噔噔噔」地就跑了開去。

待他拿著兩瓶汽水回來，唐十一已經走了。他愣在那裡，一抬頭，只見李益跟霍小玉已經和好如初，霍小玉嬌媚萬分地依偎在李益懷裡畫眉梳妝。

白文韜知道那演花旦的倌兒也是個男人。

「老爺，你覺得那神功戲不好看嗎？」唐十一急匆匆地要回去，劉忠從後照鏡裡看見他愁眉苦臉的。可是他覺得這個戲班功底還不錯啊，剛才叫好的人不是挺多的嗎？

「還不錯。」唐十一心裡想著別的事，就隨口敷衍。

「那我叫他們把剩下的節目單也送過來？」

「不用了，開快點吧，我累了。」唐十一說完就縮了縮身子，閉著眼睛挨到車座上。到了家，他就直接進房間去了，連權叔跟他打招呼他也聽不見。

「老爺怎麼了，看戲看得那麼鬱悶？」權叔可是絕少看到唐十一這麼露骨的情緒表現。

「不知道呢，一上車就是這個樣子了。」

「唉，老爺肩上的擔子不輕啊……要是有個人陪陪他就好了……」

「現在這時勢，門當戶對的家族都跑了，哪裡有人肯把女兒嫁過來？」

「只要對我們老爺好，管她什麼門什麼戶呢！太太不也是戲子出身嗎！去去去，收拾車庫吧，別咂舌頭了。」

權叔把自己當作唐十一的半個長輩，並且是真心關心他的，看待他的目光總與別人不同些，所以只有他能比別人多猜到一點唐十一的心思。唐十一的愁容確實是他所掛心的方向，只是，對象就真的大大出乎他意料了。

唐十一換了睡衣就把自己攤在竹席子上，一動也不動地盯著天花板出神。他演紈褲子弟這麼多年了，自然見過有世家子弟跟男戲子玩的，他看著那些婉媚入骨的倌兒跟他們打得火熱，也不會覺得違和，反正都是陰陽相合的氣場。但他從來沒想過自己會對此有興趣，心想為什麼有真女人不抱要抱假女人呢？

可如今他卻是不知道自己為什麼會對白文韜生出比跟女明星們約會時還甜蜜激動的心緒，他明明是個英氣俊朗的大老爺——好吧，還是說小警痞比較適當——言行舉止談吐風度跟女人一點都不搭界，為什麼自己竟然喜歡他了呢？

他確切地知道自己喜歡他，不然絕不會產生小桃對自己怨懟苛責的錯覺。他彷彿覺得是從小桃手上奪走了白文韜，然後妄想著據為己有，罪惡感塞得他滿腦子發痛，不知道該怎麼處理才好。

白文韜不是唐十一，他沒有被那繾綣男色的氛圍薰染得習以為常，他是個奮發上進賺錢娶老婆生孩子的正常男人，怎麼可能會對他有這種越軌的好感呢？

唐十一這麼一想，罪惡感就下去了，取而代之的是惶恐。糟了，他剛才有沒有感覺到什麼不對勁呢？他會不會知道了呢？要是他知道了自己那點不明不白的感情，肯定會疏遠他的，這可如何是好？

唐十一猛地坐起來，走到了書房裡，開了燈，白文韜寫的那幅詩詞就掛在書桌後面的牆壁上，正正對著門口。他靠在門邊良久，嘆了口氣，關了燈回房間去了。

還是做可以出生入死、肝膽相照的好兄弟吧，奢望太多，只會落空。唐十一對於屬於自己的東西有著萬分的執著，可如果這東西是要靠別人給他的，他就會患得患失。他害怕這種大起大落的情緒，於是便想要從一開始就斬斷。

再說白文韜，不見了唐十一，他也打道回府了。宿舍的人圍著大飯桌分零食，他一個人坐在角落裡發呆，細榮喊了好幾聲他才回過神來，就說自己太累了，回房間去休息了。

他也的確是躺在了床上，可是任憑他輾轉反側，還是全無睡意。

其實白文韜並不是他表面看起來的那麼粗豪流氓、天不怕地不怕的。他爺爺是個晚清遺老，捲著一點當官時積攢下的家底，從杭州跑到了廣州來定居。後來兒子都長大了娶了廣州女人、生了白文韜，已經全然是個地道廣州人了。但是爺爺還是打小就教訓他要知書達理、仁孝謙恭，小時候背不過四書五經可是要被他用大戒尺打掌心的。就連聽那神功戲的時候，爺爺都要一邊聽一邊糾正「用官話唱可不是這樣的」。

白文韜直到十四歲也還是個書香世家的少爺，但他十五歲的時候，父親生意失敗，連屋子都賣了來還債。從那以後他就慢慢被生活洗脫了書生氣，而心裡那關於風花雪月的多愁善感，也早被逼到角落去了，只有在看戲的時候才會被引發出來。看倌兒們在臺上演古人的戲，他在臺下流他自己的淚。

所以白文韜也搞不清楚剛才他那一瞬間的悸動，到底是因為臺上在演鏡合釵圓郎情妾意而自己正好握著唐十一的手，還是自己真的想要執子之手與子偕老？

後一種可能，白文韜倒是接受得坦然。從前爺爺就愛在看戲的時候對他講梨園裡那些三分豔色七分曖昧的傳聞，雖然他說到最後都會歸結為「戲子無情」來告誡孫兒不要上當，但小孩子嘛，總是喜歡聽一半忘一半的。

可是唐十一呢？如他所言，他對他不過是憐憫而起的關注，後來就是看上了他的能力而加以利用，應該是怎麼都扯不到相知相交的地步的；可他總跟他鬧脾氣，總來找他然後又趕走他，總在他面前露出旁人無法想像的樣子，總讓他覺得他沒辦法丟下他不管。

唐十一想撐起整個廣州，而白文韜只想撐起一個唐十一。

或者這其實只是棋逢敵手的惜英雄重英雄？

白文韜把自己蒙進被子裡，努力思考著方法去辨明現在的情緒。

然後第二天一早，他就爬了起來打電話，「喂，你好，請問十一爺在嗎？我是白文韜。」

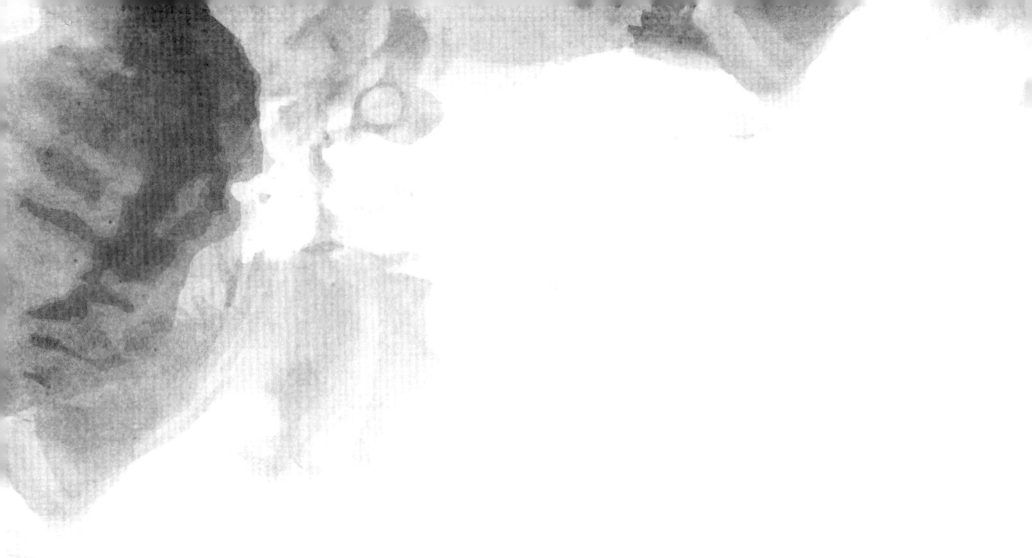

第八章

權叔告訴唐十一白文韜打了電話過來時，唐十一正在吃煎得八分熟的雞蛋，驚得他一口熱蛋黃哽在了喉嚨裡，好生艱難才吞了下去，「白文韜打來？有說是什麼事嗎？」

「沒有，他只說找老爺你，請你聽電話。」權叔說，「要不我告訴他你不方便聽電話，讓他待會再打過來？」

「不用，我這就去。」唐十一匆匆擦了下嘴，喝了一口水就快步走過去聽。拿起了話筒，他深呼吸一口氣才說道：「喂？」

「十一爺，咳，早上好，咳咳。」白文韜才說一句話就咳兩下，「你昨天沒事吧？」

「沒事，突然想起有些事情沒處理，就先走了。」唐十一問，「這麼早，不用上班嗎？」

「要啊，待會就去了，不過我想約你的話還是早上比較好，省得你被別人約走了。」白文韜覺得自己說話都不利索了，約來約去的好生彆扭。

「你……約我？」唐十一一歡喜，語調也不由得揚了起來，「做什麼呢？」

「你昨天不是沒看完紫釵記嗎？我知道平安戲院今晚有做這個，你要不要再看一次？」

「又看戲啊？」唐十一其實覺得挺好的，但他就是想跟他抬下杠，便故作猶豫。

「嗯……要不看電影？」電話那頭，白文韜遲疑了一下。他不怎麼看電影，也不知道唐十一喜歡看什麼。

「我也不想看電影。」唐十一說完就挪開話筒掩嘴笑了。

「那你想去哪裡？」白文韜急了，「總不能大晚上去逛公園吧？」

唐十一剛才還只是因為鬥嘴而開心，聽到白文韜這句就心裡都甜了。白文韜只是想見他，做什麼反倒是無所謂的了，「那好吧，我們還是去聽戲吧。」

「嗯，好，今晚七點戲院見。」白文韜說完，頓了一下，好像是不知道該怎麼結束這個電話才好，「那……那我去上班了。」

唐十一對著話筒笑了，那笑聲肯定傳過去了，但他也不在意了，「去吧，白文韜高級督察。」

「哈，承你貴言！」白文韜笑著掛了電話，換好衣服揣上錢，就跑去警察局了。

好不容易熬到下班，白文韜抽空回去換了一套乾淨衣服就趕去戲院。到戲院門口的時候還沒見到唐十一，他看看手錶，哦，還差五分鐘才到七點呢，自己來早了。

正想著先去買票，就有人拍他肩膀，白文韜回頭一看，愣了半晌，「十一爺？」

「怎麼，不認得我？」唐十一笑了，他今天沒穿西服，穿了一身白色的棉布長褂，手裡搖著一把竹青紙扇。雖沒有西服時候的摩登潮流，但平添了幾分書生氣，看著好像小了幾歲。

白文韜把唐十一從頭到腳打量了一番，「從來沒見過你穿長衫，有些意外了。」

「天氣實在太熱，西裝襯衫吃不消。」唐十一抬起手臂來左右晃了晃，「這衣服好，涼快，這樣甩幾下就有風了！」

白文韜笑著阻止了他這孩子氣的舉動，「行了別在這裝蛾子了，我們進去吧。」

「好。」唐十一走了兩步又問道：「為什麼不是蝴蝶是蛾子？」

「哪有這麼素的蝴蝶嘛！」

「白文韜！」

兩人進了包廂看戲，期間有幾個商賈老爺認出了唐十一過來打招呼，都被唐十一幾句話敷衍了過去。白文韜逕自嚼橄欖，專心看戲，好像自己只是跟唐十一坐在一起的路人甲。唐十一合起扇子拍了拍他的肩，跟他說對不起。

白文韜笑笑，指了指戲臺，示意他專心看戲就是了，自己不介意。唐十一也回他一個笑，兩人就好好地看完了這場紫釵記。

不知道是不是這個戲班不及上次的好，唐十一現在聽那霍小玉的唱詞，就沒有昨日那種魂驚魄動的焦慮了，反而好像覺得那李益和霍小玉真的有點像他跟白文韜：他有財力有眼力，才能識得了一個白文韜，又經歷了幾次的爭吵，好像大家就要訣別一般，最後還是能這麼並肩坐在一起看戲。試問世間上有多少人能這麼相識相交？

他悄悄看了看白文韜，他還是那樣看得入神地跟著一起低聲唱念，連眼神表情都一樣到位，時而像不願為權勢變節的李益，時而像誤會丈夫再配丹山鳳的霍小玉，詞也唱得特別順，人家不知道，準以為他是同行來捧場。

唐十一看著他就忘了看戲了，一會，他笑了，悄悄招手叫了權叔來，在他耳邊吩咐了一些事情。權叔點點頭，就快步走下去辦事了。

白文韜沒發現唐十一這點小動作，一直到戲演完了，演員鞠躬謝幕，他才轉過頭來說：「哎，這班子演得真好！」

「嗯，是嗎？」唐十一想，那就不是戲班唱得不夠好的問題了……

「當然了，你看前排坐了多少人就知道了。」越是靠前的位置越貴，而來捧這戲班場子的觀眾大多都是坐前面的，白文韜指了指那些慢慢散去的觀眾，「我聽說還有戲迷專門等在戲院門口，就為了看看那些大老倌的『清裝[13]』呢。」

「你有興趣看不？」唐十一問，「要不我帶你到後臺？」

「不不不，我才不去呢！」白文韜拍了拍胸口，「他們在我心裡就是那些戲裡的人，脫了角色，就什麼都不是了。」

唐十一聽到他說那些戲子在他心裡什麼都不是的時候，竟暗自竊喜了一下，他臉

13 行話，指優伶卸妝以後的樣子。

上帶著微笑，挨著椅子問，「看來你真的只看戲不看人呢。你剛才都自己唱起來了，要是哪天你覺得唱的人不好，會不會衝上去把人家拽下來自己唱？」

「把人家拽下來我是不會的，但是要我唱，我也是可以唱的啊！」白文韜挺起胸膛來自信地說道，「可不是吹牛！我在我們那區的私伙局裡可是專門唱小生的呢！」

「哈，你還真的會唱啊？」唐十一還以為他只是愛好所以隨便哼哼，一聽他說會唱，頓時就來勁了，「來來來，給我示範一下！唱不好下次你們搞私伙局我就去砸你招牌了！」說著就拉著白文韜跑下樓去，直往臺上奔。

「喂！十一爺！別耍我了！」白文韜連忙搖頭，「趕緊下來！叫人看見就笑死人了！」

「不會有人看見的！」唐十一把他拉到臺上，「我剛才把戲院包下來了，剩下的時間就我們兩個來搗亂好了。」

白文韜咂舌，「十一爺你為了看我出醜真是無所不用其極呢！上次請我看戲，這次就直接讓我演戲了！」

「你就給我唱一個嘛，剛才不是很得意嗎，真的上場就慫了？」唐十一拍了拍剛才演鏡合釵圓時留下來的布景欄杆，突然就凝眉嗔目，猛地上前一步逼到白文韜跟前悲憤念道：「君虞君虞，妾為女子，薄命如斯；君是丈夫，負心若此！韶顏稚齒，飲恨而終；慈母在堂，不能供養！綺羅弦管，從此永休；徵痛黃泉，皆君所致！李君李君，今當永訣矣！！！」

這段念白自然不及剛才的花旦來得傳神，但唐十一念著霍小玉這一段決絕之詞卻是另有一番味道，雖沒有一般的嬌媚婉轉，卻另生出一段倒錯的凜冽清亮。白文韜愣了，剛想問他怎麼會唱戲腔，唐十一就已經倒退一步作勢要暈厥在地了。

白文韜連忙伸手過去扶，唐十一就安安穩穩地落在他懷裡，閉著眼睛皺著眉，儼然一副你不唱我就不醒的架勢，白文韜看他如此較真，只好清了清嗓子，也跟著唱了起來。

唐十一靠在白文韜懷裡閉著眼睛聽他唱，那唱腔一聽就是業餘的，也虧他吹這牛皮吹那麼響。唐十一偷偷睜開眼睛來，正好白文韜低下頭來看他，而詞也唱到了傷心處，雙眼都泛起了淚光，「……千般話猶在未語中，深驚燕好皆變空……」

這接下來的一句，應該是李益對霍小玉深情地喊一句「小玉妻」，但白文韜此時卻叫不出聲了。他唱完了這句詞，就定定地跟唐十一對視著，這一眼不再是昨晚那般的悸動，他就只是單純地不想移開視線，便那麼一直一直看著他。那雙眼睛也不負他期望，慢慢從那全然的清澈泛出了複雜的漣漪。

唐十一慢慢坐直了起來，他看著白文韜，抬起手臂，攀上了他的肩。白文韜一動也不動，唐十一能感覺到他渾身都僵硬了，他咬咬牙，往前一傾，把頭靠上他的頸側，然後就維持著這個姿勢，等待白文韜推開他，或者，抱住他。

唐十一這輩子從沒試過這麼毫無把握得近乎煎熬的等待，每一秒都像一個小時那麼長。終於，他感覺到白文韜動了，他抬起手，落在了唐十一背上，輕輕地拍了幾下。

如果這個時候說這只是一時入戲，讓他不要在意，應該也還是能說得通的。這麼說了的話，白文韜一定就會跟往常一樣回報他一個爽朗的笑容，然後兩人依舊是好朋友、好兄弟，還能跟現在一樣見面聊天、吃飯看戲……唐十一張了張嘴，可是話到嘴邊還是說不出來。

他不甘心，這麼不清不白地過去了，他不甘心。

「十一爺……」白文韜低低地喚了他一聲，「你明明是獨子，為什麼要叫十一？」

「……就因為是獨子，所以才叫我十一。」雖然不知道白文韜此時問這話是什麼意思，但好歹他也沒有推開他，唐十一便挨在他耳邊小聲地回答，「這樣顯得家裡人丁興旺一些。但不過是自欺欺人吧，表哥也死了，表嫂也死了，大家都走了，我還是一個人。」

「你不會一個人的。」白文韜輕輕撫著唐十一的背，「以後，我陪著你。」

唐十一心中一動，攀在白文韜肩上的手猛地收緊，把他抱住了。他顫抖著嘴唇說道：「如果你肯讓我喊一聲十郎，我就是你的十一娘了……好不好？」

唐十一一顆心都懸在半空中了，此時白文韜猛地捉住他的手臂拉開他。唐十一屏住了呼吸，難道，難道白文韜對自己真的就全無一點情分嗎？

「胡說什麼呢，誰要你當十一娘。」白文韜彈了彈唐十一的額頭，「你就繼續當你的十一爺，繼續養著我唄。」

「那這是好，還是不好？」唐十一還是惴惴不安的語氣。

白文韜笑了，他靠了過去，把他抱進懷裡去，「好。」

白文韜回到員警宿舍時已經一點多了，這才發現自己竟跟唐十一聊天聊了這麼久，但細想起來又好像沒說些什麼，不過都是一些童年趣事生活見聞，為什麼能聊這麼久而且毫不厭煩呢？

他把手掌捂在鼻子上，還帶著唐十一那陣淡淡的香水味，啊，不對，他說過這不叫香水，該叫古龍水。

反正不管叫什麼，都非常好聞。白文韜大字型地攤在床板上，呵呵笑著抱著被子睡過去了。

這種呵呵笑的狀態維持到了第二天早上，但大家都只當他是快要升職了所以開心，所以也沒有出現「嚴刑逼供」之類的事情。白文韜自然也不會跟別人說他跟唐十一的關係，只想著快點做出成績，也成為廣州城裡的一號人物。那樣至少他跟唐十一出去的時候，人家也不會覺得奇怪，來打招呼也不會只跟一個人打。

但白文韜的美好計畫在中午時分被徹底打破了。快到十點的時候，廣州上空突然傳來一陣「轟隆隆」的飛機低飛聲，緊接就是一聲聲強烈的爆炸。警局電話響個不停，但都是接不通的，看來線路都被炸斷了。

日本自大陸的戰爭回過氣來，全面轟炸廣州了。

「我們分頭去把街坊指引到防空洞去！自己小心！」白文韜向手足們交代好，自己也跑了出去。

整座廣州城在短短十數分鐘裡面目全非，樓房被炸毀一地，遍地都是走避不及而被炸死或壓死的人。血跟火構成了滿眼的紅，白文韜顧不上誰是誰了，逮著人就叫他快點到防空洞去。而過不了二十分鐘，第二輪轟炸又開始了，只見兩路飛機低空劃過，彷彿是擦著白文韜的頭頂過去的，中途卻分開了兩個方向，一邊是白雲機場，另一邊卻是唐十一的軍隊駐紮的地方！

不好！日本人要跟唐十一算賬了！白文韜心中一凜，拔腿就往唐十一家裡跑。

日軍轟炸廣州時，唐十一在家裡。雖然位於英租界應該是安全的，但即使如此他也聽得見那低鳴的飛機聲跟慘厲的爆炸聲。他已經第一時間通知譚副官帶著所有部隊全部撤離，但過了一會他再打去確認的時候，線路已經全部中斷了。他在家中焦急地踱來踱去，希望自己的部隊能安全撤離。

可他先等來的卻不是譚副官，而是白文韜。白文韜一頭一臉都是灰塵炭黑，上氣不接下氣地跑進來揪住唐十一的手，唐十一驚訝地看著他，「你沒事吧？怎麼從南區跑過來了?!你們那邊怎麼樣了?!」

「炸了，全炸了，全廣州都炸了！」白文韜緩了兩口氣就拉著唐十一往外走，「快走，去防空洞！」

「這邊是英租界，不會有事的。」唐十一說，「我還要等譚副官他們！」

「轟炸機都往他們那邊去了你還等什麼！快跟我走！日本人不會放過你的！」白文韜硬拽著唐十一往外走，一邊回頭大聲喊：「權叔！還不快架走你家老爺！」

權叔他們慌忙點頭，一起推搡著唐十一往外走。唐十一本來還不願意，卻聽見一陣越來越近的飛機聲，接著一個響雷就在他們後面的一棟屋子處炸了。

瘋了，日本人真是瘋了，連英法租界都炸了！唐十一最後一點猶豫跟希望一同滅卻了，他跟著白文韜一起拔足狂奔，穿過一條條已然成了廢墟的街道，終於趕在第三輪轟炸前躲進了防空洞。

唐十一似乎還沒能從自己的軍隊全軍覆沒的事實中緩過來，他扶著牆，目光呆滯地站著，扣下了一大塊牆灰。白文韜吞了吞口水回過氣來，捉住唐十一的手臂扶他坐下，「你別太擔心，我這就去別的地方點點人數，說不定他們已經躲好了。」

「五千人，怎麼躲？」唐十一慘然一笑，「我以為日本人來要算賬，大不了要命一條，我帶兵堵在城門口跟他們拚了，拚完了我們這五千人也算是烈士。可我不知道、我不知道，他們會這樣、他們會這樣……」

「不關你的事，就算你什麼都不做，打仗就是打仗，都是會把對方往死裡打的。」白文韜用力掰過他的頭讓他看著自己，「聽我說，你在這裡等我，無論我找不找得到他們，晚上十點我一定回來！」說罷又轉過頭去對劉忠權叔他們說：「看著你們家老爺，不要讓他跑出去。」

權叔他們點點頭，一時間也不知道自己為什麼要聽白文韜的吩咐，但他是對唐十一好的，這點就夠了。

「那我走了，你自己小心。」白文韜用力拍了拍唐十一的肩膀，便轉身跑出去了。

白文韜一走，唐十一又變回那個呆滯的樣子了。其實他也並不是受不了打擊，他只是一時間想不通。日本人這樣狂轟濫炸，果然如羅志銘說的，廣州也要淪陷了。如果廣州淪陷了，到時候就不是殺一支軍隊就能解決的事情了。廣州會跟安慶等地一樣大批進駐日軍，連政府都會受他們控制，那他還能憑什麼反抗，憑什麼保住唐家的家業？

達則共濟天下，窮則……獨善其身？

唐十一猛地一抖，滿指甲都堵上了牆灰。跟日本人合作，是唯一可以獨善其身的途徑了吧？

唐十一覺得很好笑，當日他殺山本裕介時何等豪氣，揚言要殺盡日本人，為廣州人民撐起天來，如今卻是被拔了牙的老虎，一張嘴就剩下求饒的份了？

「小麗啊！不要啊！不要睡！不要丟下媽媽啊！！！」

一陣撕心裂肺的女人哭叫聲打斷了唐十一的思慮，他抬頭望去，只見一個女人抱著一個大概七八歲的、渾身是血的小女孩痛哭失聲，「不要啊！小麗啊！救命啊！救救我女兒啊！我求求你們啊！」說著就對著滿防空洞的人磕頭，有個醫生上前給那小女孩把了脈，就痛心地搖頭了。

那女人自然不願意相信，近乎瘋狂地哭叫著女兒的名字，好像這樣就能把她喚回來一樣。

唐十一扶著牆走了過去，在那女人旁邊蹲下，這時那個名叫小麗的女孩都只有出的氣沒有入的氣了，嘴巴跟鼻子都在流血。她半睜著眼睛看著上方，似乎不明白為什麼自己的生命才剛剛開始就要如此痛苦地結束。

「嗳姑乖，嗳姑乖，嗳大姑乖嫁後街咯……」

唐十一低聲唱起了廣州的童謠——無論多少代人過去，他們小時候都是聽著這首歌謠入睡的——他捉住了小麗的手，那纖細柔弱的小手，「後街有啲乜嘢賣，有啲鮮魚鮮肉賣，仲有鮮花戴，戴唔哂，擺系床頭畀老鼠拉……」[14]

小麗聽到這熟悉的催眠曲，帶血的嘴角似乎笑了。啊，原來這只是一場夢，我乖乖睡醒了，就什麼事情都好了吧？

母女連心，這細微的變化讓小麗的母親止住了哀叫。她看著唐十一，唐十一把小麗的手放進她的掌心裡，繼續唱道：「嗳姑乖，嗳姑乖，嗳大姑乖嫁後街咯……」

「後街有啲乜嘢賣，有啲鮮魚鮮肉賣……」她強忍著哭泣，握著女兒的手，用最甜美的聲音給女兒唱起了這最後的安眠曲。

「嗳姑乖，嗳姑乖，嗳大姑乖嫁後街。後街有啲乜嘢賣，有啲鮮魚鮮肉賣，仲有鮮花戴，戴唔哂，擺落床頭畀老鼠拉……」

一個、兩個、三個，四邊四面的人也開始唱了起來。本來充滿驚惶與沉默的防空

14 廣東話童謠，大意：女兒乖，女兒乖，女兒乖乖長大就嫁到後街去，後街有什麼賣啊？有鮮魚鮮肉賣，還有鮮花可以戴，戴不完就放在船頭讓老鼠拉走咯。

洞裡緩緩合唱起了大家最熟悉的搖籃曲，沒有轟炸機的低鳴，沒有炸彈的爆炸，沒有尖厲的慘叫，沒有痛苦的掙扎，只有這讓人安心的旋律彼此共鳴，為一朵快要夭折的小花偽造一片美好的幻境。

小麗真真切切地笑了，她慢慢閉上眼睛，好像只是要睡一覺一樣，很是安詳。

終於有婦人忍受不住，放聲痛哭了起來。

唐十一跌坐在地上，只覺得全身的力氣都被抽掉了。

白文韜回到唐十一身處的防空洞時，唐十一正低著頭靠在牆角落裡坐著。聽到聲音，他抬起頭來，展開一個疲憊的笑容來，「你回來了。」

「嗯。」白文韜也坐下了，他發現唐十一早上穿著的白底藍花背心不見了，「你的衣服？」

「就一件衣服，不要緊。」唐十一把背心給小麗穿了，女孩子總是要講究一些、體面一些的，「你找到譚副官他們了嗎？」

白文韜神情凝重，他捉住唐十一的手臂說道：「我在南區的防空洞裡見到周傳希跟他的手下了，不過只有五六十人。他說，他們正在轉移的時候被日本人的炸彈炸中了。譚副官死了，梁武被壓在亂石底下，軍隊全亂了，很多人跑了，最後跟著他躲進防空洞的，就只剩下這麼些人。」

話說到這裡，白文韜發現唐十一面無表情了，便搖了搖他，「十一，你沒事吧？」

唐十一回過神來，彎了彎嘴角，「我沒事，比我作出的最壞打算要好多了。」

白文韜看著唐十一好一會，總是覺得他有些不對勁，卻又說不出來是什麼不對。他再三衡量，還是試探著問道：「你在這裡一天了，有發生什麼事嗎？」

「廣州淪陷了，不就是最大的事了嗎？」唐十一苦笑著搖了搖頭，隨之就斂起了笑容認真地問道：「如果我當了漢奸，你還會陪著我嗎？」

白文韜一愣，「這話怎麼說？」

「就是這麼說，如果我當了漢奸，你會怎麼辦？一槍斃了我？」唐十一道，「如果你要殺我，我倒是不怕的。你槍法準，我不會受多少苦，但是別往我頭上打，往心臟打。你知道我愛漂亮的，臉打爛了我會不高興的。」

「你在說什麼！」白文韜用力捉緊他的手臂，唐十一皺了皺眉。

「我之前殺了那麼多的皇軍，他們一定不會放過我的。我只有跟他們合作，替他們賺大筆的錢，才能換自己一條小命。」唐十一拉下白文韜的手，「他們很可能會讓我賣鴉片，到時候，你就當作不認識我吧。」

白文韜張了張嘴，他也想說些寧死不屈、士可殺不可辱之類的話來，可是當對象是唐十一的時候，他說不出口了。壯烈犧牲當然值得歌頌，但是積極求生，又有什麼錯？

而且就算唐十一脖子一橫壯烈犧牲了，日本人還是會轉頭就找另一個人來搞這些害人的勾當，那些鴉片菸鬼該死的還是要死，那為何不用他們那該死的命換唐十一的命？

唐十一絕對不是個好人，但卻是他白文韜不能缺少的人啊！

「你不會一個人的。」白文韜拍拍唐十一的臉，笑著念了一句曲詞，「鏡合釵圓，有生一日都望一日呀。」

「哈，你還有心思唱曲！」唐十一笑了，他拉起袖子來擦了擦白文韜臉上的灰土煙塵，「如果以後他們弄了個雕像，像秦檜那樣跪著被人唾罵，也要在隔壁建一個你，陪著我。」

「好啊，到時候我們比賽一下，看誰被吐的口水多？」白文韜開玩笑道。

「我無論做什麼都不會輸給別人的。」唐十一挑了挑眼眉。

「好，那我就做個小漢奸，陪著你這個大漢奸吧。」白文韜說著，攬著唐十一的頭把他按在自己肩膀上，「小麗媽媽讓我跟你說，謝謝。」

唐十一閉上眼睛，「嗯」了一聲以後，就枕在他肩上睡著了。

一九三七年七月開始的空襲，在一九三八年十月二十一日終於完結。廣州淪陷，日軍占據廣州，重建憲兵部，大肆搶掠燒殺。但廣州的有錢人家大多數已經走了，搜刮到手的錢財似乎不能讓他們滿意。

日軍進入廣州第三天，大佐田中隆夫不解地質問被捉來當翻譯的一個日語老師方曉芬。方曉芬說現在廣州的有錢人只剩下唐家十一爺，但十一爺在廣州有些頭臉，如果日本皇軍希望長期合作，最好能和氣生財。

田中隆夫對唐十一的名聲也早有聽聞，尤其是他偷龍轉鳳殺了山本裕介的事情，震驚整個軍部。本來唐十一是他入城第一個要殺的人，但聽了方曉芬的話，他倒也認真考慮了起來，與其殺了他，不如利用他賺錢。田中隆夫也是個會計算的人，入城以來他看得見到處都是頹垣敗瓦，人煙稀少，這麼個死掉的城市是榨不出油水來的。唯有找一個能讓廣州活過來的人當槍，他才能舒舒服服地有錢花。

計算一番以後，田中隆夫就決定先把唐十一找來，如果他識時務願意合作，他就留著他賺錢，否則就立刻解決他，再尋別人來搞生意。

唐家大宅在轟炸中坍塌了大半，權叔本想讓人重新修葺，但戰火紛飛，哪裡找那麼多的工匠呢？於是唐十一吩咐他們回家去收拾了重要的東西，就另買了一處房子住下。而對於周傳希等人，他本想分發一些撫恤金，解散他們讓他們回鄉下去，但他們異口同聲要留下跟著唐十一。

本來唐十一不讓他們跟著他當漢奸，但白文韜說，你不養他們，讓他們怎麼活？再說，你要幫日本人賺錢，也總得有手下才能辦事。唐十一猶豫了一陣，只好答應了。

收到田中隆夫的邀請是在廣州淪陷後的第七天，地點還是在愛群飯店，只是從前唐十一是做東的，如今卻是做客，田中隆夫似乎是有意讓唐十一知道彼一時此一時。

唐十一看著那張請柬，心想該來的還是來了。

「要不要我陪你去？」白文韜湊過頭來問。

「你是什麼人，有什麼資格陪我去？」唐十一白了他一眼，「都十點了，你不用去警察局了？」

「要去，梁局長說了，我們還是照樣工作，但是不許對日本軍隊有任何違抗。」白文韜嘆口氣，「要不，讓周傳希陪你去？」

「帶了人反而不方便說話，我一個人去就可以了。」唐十一說，「就算我去了回不來，也只死我一個而已。」

「你又來了……」白文韜伸出手臂去抱了抱他，「我知道你時時可死，但可不可以為了我步步求生？」

「……你這話是哪齣戲的？」唐十一皺眉問，「我對不上。」

「哎，我跟你說真心話呢，你當我唱戲！」白文韜剛要發作，一拉開唐十一，就看見他滿目笑意。

「只有不怕死，才能做到更多的事。」唐十一點點頭，「我答應你，我時時可死，但也會步步求生。」

愛群酒店經過轟炸以後，頂層那些引以為傲的玻璃大幕牆全都報廢了，現在也僅僅來得及把底下的幾層換上新玻璃。裝潢最豪華的頂層飯廳全都烏燈黑火，任那暮秋江風呼呼地灌進去。

但對於田中隆夫而言，這並無所謂，他只是需要在這個地方，讓唐十一知道時移世易，不要再固執己見而已。

田中隆夫還是一身筆挺的皇軍制服，透過玻璃轉門，大老遠就看見了一輛轎車駛過來。唐十一從裡頭鑽出來，是個穿著銀灰色格子西裝的年輕男人，個子只能算中等偏高一點，但身材頎長，就覺得他比實際上要高。田中隆夫從資料上看過唐十一的照片，也知道他是廣州出名的花花公子，跟英國領事的女兒有過勾搭，甚至連自己的表嫂也曾經偷腥過，但實際看見真人時，還是覺得難怪他能吸引女人為他要生要死。

「唐老爺，久仰大名了。」田中隆夫走上前去跟他握手，唐十一當然也用力地回握，表現得頗為熱情，「聽說府上被我們誤炸了，我還擔心你會受傷，現在看到你安然無恙就好了。」

「多謝田中大佐關心，錢財身外物，炸了就炸了，反正那地方我住了二十年也厭了，換個新環境也好。」要論裝糊塗，唐十一是一點也不會讓人看出破綻的，他憨厚無恥地回答著，儼然一個只知道伸手要錢的二世祖。

「唐老爺一個人來？」田中隆夫看了看門外那輛汽車，裡頭除了司機並無他人。

「我是來求皇軍給我生意做的，自然不能讓別人知道內幕，來分一杯羹。」唐十一比田中隆夫先開口，對方臉上便升起了一種傲慢的優越，「外頭人多口雜，我們還是進去再談吧。」

「好，唐老爺快人快語，我們進去再談。」

兩人一路寒暄著到飯桌邊落座。田中隆夫早前聽說唐十一對付皇軍的手段，滿以為會是個目中無人的傲慢人物，早就做好了先禮後兵的打算。但此時他見唐十一的態度十分親善，還反過來求皇軍的合作，也就不急於把話說死，等菜都上完了，才開口道：「唐老爺，雖然我們是第一次見面，但你的態度讓我感覺到，你是有誠意想要跟皇軍做朋友的。」

唐十一連連點頭，「當然了，我是很有誠意跟皇軍合作的。」

「但你之前的所作所為，實在無法讓人相信，你會真心誠意與我合作。」田中隆夫看著唐十一的眼睛，後者的眼神越發清澈見底，似無任何盤算，「唐老爺憑什麼讓我相信，這不是你的緩兵之計？」

聽了這話，唐十一嘆了口氣，「大佐，『緩兵之計』也得有兵才能緩啊。我的人馬早就在你們的轟炸中死光死絕了，剩下那麼一百來人跟著我求口飯吃，老實說，我自己都養不起了，還怎麼養他們呢？正所謂人為財死，唐十一也是個俗人，不過是求財而已。」

「如果是這樣，那就請唐老爺顯示出你的誠意了。」田中隆夫瞇起眼睛來，招招手讓侍應生替他倒上紅酒。

唐十一凝著眼神看了田中隆夫一會，笑了笑，「一個月內，三十間菸館，五五分賬。」

「五五分賬？」田中隆夫猛地把玻璃杯摔到地上，幾滴紅酒濺到了唐十一臉上，「唐老爺，我覺得你完全沒有合作的誠意！」

「田中大佐，行內規矩五五分賬已經很公平的。當然了，為表誠意我願意六四分賬。」

「唐十一，你不要以為只有你一個人能搞鴉片生意，昨天，有一個叫陳思齊的人找過我，他說只要得到皇軍的允許，他願意跟皇軍七三分賬。」田中隆夫皺著眉頭，似有所思地站起來，走到了窗戶邊。

唐十一端了兩杯紅酒過去，「大佐，你好像搞錯了，我是要跟『你』六四分賬，可不是跟皇軍六四分賬。」

「嗯？」田中隆夫一愣，「你這樣說是什麼意思？」

「什麼意思也沒有。只是，唐家搞鴉片生意這麼久了，我有相熟的進貨門路，知道菸民的習慣，知道怎麼樣引來更多生意。俗語說，做生不如做熟。」唐十一把一杯酒遞到田中隆夫面前，似笑非笑地說道，「只要大佐讓我在搞鴉片的同時，把銀號洋行、賭坊妓院、當鋪錢貸全都開回來，那賺到的錢我會照樣給皇軍分賬，而那鴉片的賬目……」他湊到田中隆夫耳邊低聲說：「我就只跟大佐你來分了。」

田中隆夫依然皺著眉，但他接過了唐十一的酒，「不是我不讓你開，但你有能力開嗎？全廣州的商行，也能都聽你的？」

「大佐，這些事，就讓我來煩心好了。兩個月的時間，你就知道我是否有這能力了。」

唐十一試探著舉起酒杯，田中隆夫猶豫了一下，終於還是跟他碰了杯。唐十一笑了，一仰頭，把紅酒一飲而盡。

唐十一是被劉忠扶著上車的，他挨著座位就躺下去睡死了。劉忠代替主人向田中隆夫道謝，田中隆夫也醉了三分，只說不打緊，就也上了自己的車離開了。

劉忠駛出了一段路以後，唐十一就不做戲了。他慢慢爬了起來，跟劉忠說要到周傳希的住所。

唐十一來到周傳希家裡，什麼也沒說就列了一份名單給他，全是還在廣州的稍有頭臉的生意人，「明天我在和平飯店請客，你幫我把他們全都請過來。」

「如果他們不肯？」周傳希自然知道應付之道，他只是在請求一個允許。

「只要不傷人命就好了。」唐十一點頭應允。

於是第二天中午，不管是情願還是不情願，名單上的人都來到了和平飯店，各懷心思地等著唐十一。唐十一這個主人家，因為不想把話重複說幾次，於是特意等人到齊了才出現。他一踏入大廳，幾十雙眼睛就齊齊向他看了過來。

唐十一慢慢走到了眾人中間，才面帶笑容地向大家說道：「各位不必拘謹，我們邊吃邊聊事情，只管當自己人吃飯……」

「呸！誰跟你這個漢奸自己人！」果然就有人破口大罵起來，那是做洋貨生意的錢老闆，「唐十一！我看錯你了！」

「就是！當日你答應過蔣家奶奶什麼事！」另一個人也跟著拍案而起，是一家銀號的陳老闆，「你說過你一定不會做漢奸！可現在呢？你不光自己做漢奸，還想拖我們一起墊背！」

「你要當賣國賊自己去！我們不會聽你的！」

「我們不要當漢奸！不要跟你賣鴉片！」

「早該聽蔣奶奶的話！剝了你的牙！」

「滾出去！漢奸走狗賣國賊！」

當下，在場的人都激動地叫嚷起來，他們知道唐十一的軍隊已經滅了，又被日本人威脅著，自然就不怕他了，大有一擁而上把唐十一撕開來的架勢。

「碰」的一下槍響，眾人臉色一白，只見那帶頭叫嚷的錢老闆額上開了花，紅紅白白的血水腦漿噴了他身後的人一臉。那人尖叫著把倒下來的錢老闆推開，就要往門外跑，但到了門口就被周傳希兩下放倒，摔暈在了地上。

唐十一快步往前衝，一手掐住陳老闆的脖子把他的頭壓在桌子上，槍口就已經貼上了他的太陽穴。

一連串的變故似乎只在幾秒間發生，但也足夠讓眾人反應過來驚慌大叫了。他們想要奪路逃生，但各個出入處都被封死了。唐十一也不叫人拿住他們，就任由他們在大廳裡到處亂跑亂叫，最終發現無路可逃，只能顫抖著等唐十一發話。

「事到如今我也不跟你們打啞謎了，現在的情況就是這樣，不光是我，你們每一個都一樣！」唐十一按住陳老闆的頭，對所有人說道，「你們要做烈士我不會攔著，但是你想想自己家裡的男女老少！你們不是錢老闆，他無兒無女，老婆也五十多了，一隻腳都岔進棺材了，你們呢！」

唐十一拿槍抵了一下陳老闆的額角，「陳老闆，你女兒今年好像才十六歲對吧？你應該聽過日軍進城以後是怎麼對待婦女的吧？你要是答應合作，就不會有皇軍跑進你家裡，什麼都不說就強暴你女兒搶奪你家財。你說，你是要答應呢，還是拒絕？」

「唐十一！你這畜生！」陳老闆使勁掙扎，卻被唐十一掐得透不過氣，「有種……你就……殺了我！！！」

「我不是來殺你們的，我就是想救你們！」唐十一鬆了手，揪住陳老闆的衣領把他揪到跟前，槍口都抵在他鼻尖上了，「我現在還會跟你們說這麼多，要是田中隆夫就不會了，在你們說完第一句以後，就已經像錢老闆那樣了！」

眾人面面相覷，無人能反駁唐十一的話。

「有頭髮誰願意當癩痢？」唐十一放開陳老闆，他馬上跌跌撞撞地跑到了對面那一群人中去，腳抖得連站都站不穩，只能讓別人扶著，「你看，你被我這個中國人拿槍指著都嚇成這樣，如果是日本人拿槍指著你呢？」

唐十一說著收起了槍朝他們走過去，但他每走一步，他們就往後退一步。最後，一大群人都退到門邊，卻又有周傳希等人舉槍守著門。

不得生著，無路可逃。

那一日，唐十一見到了一大群男人各種不同的哭相，有人捶胸頓足，有人放聲嚎啕，也有人低垂著頭默默掉淚。

唐十一再沒有說別的話，他揮揮手，周傳希就讓開了門，護送唐十一離開了。

——《無聲戲 1938．上》完

高寶書版集團
gobooks.com.tw

FH010

無聲戲1938・上

作　　者　風花雪悅
繪　　者　ALOKI
編　　輯　林雨欣
校　　對　薛怡冠
美術編輯　彭裕芳
排　　版　彭立瑋
企　　劃　李欣霓、黃子晏

發 行 人　朱凱蕾
出　　版　朧月書版股份有限公司
Hazy Moon Publishing Co., Ltd
地　　址　臺北市內湖區洲子街88號3樓
網　　址　www.gobooks.com.tw
電　　話　(02) 27992788
電　　郵　readers@gobooks.com.tw（讀者服務部）
傳　　真　出版部　(02) 27990909　行銷部 (02) 27993088
郵政劃撥　19394552
戶　　名　英屬維京群島商高寶國際有限公司台灣分公司
發　　行　希代多媒體書版股份有限公司 /Printed in Taiwan
初版日期　2021年12月

國家圖書館出版品預行編目(CIP)資料

無聲戲1938 / 風花雪悅著.-- 初版. -- 臺北市：朧月書版股份有限公司出版：英屬維京群島商高寶國際有限公司台灣分公司發行, 2021.12-
面；　公分. --

ISBN 978-986-06814-4-4(上冊：平裝)

857.7　　　　110014499